DATA AI BERSERKER

LEE SAVINO

DATA AI BERSERKER

Catturata per essere un premio nel brutale Gioco dei
Berserker. La mia vita è cambiata per sempre, quando i
Berserker mi hanno presa. Quei guerrieri spaventosi sono in
cerca delle donne in grado di tenere a bada la Bestia dentro
di loro... ed io sono una di quelle.

Gli Alpha hanno decretato che, per mantenere la pace, tutti
i guerrieri tra i branchi dell'Highland e della Lowland
devono competere in una gara che comprende una serie di
giochi, per poter vincere la mia mano in maniera giusta. Di
tutti i guerrieri, i miei occhi si sono già posati su due di essi,
ma... io non ho nessuna scelta, in merito. Quando l'ultimo
gioco della gara sarà completato, io apparterrò a chiunque
sarà decretato il vincitore. Sarò la sua proprietà in tutto e
per tutto. E l'unica cosa che mi resta da sperare è che,
chiunque egli sia, io riuscirò, un giorno, ad amarlo.

*Data ai Berserker è un romanzo indipendente MFM che vede
come protagonisti due grandi guerrieri dominanti, la cui vita e
intera esistenza ruota tutta intorno ad una donna.*

Leggi l'intera saga best-seller dei Berserker per scoprire la storia che sta appassionando così tanti lettori...

LIBRO GRATUITO

Ricevi un libro segreto sui Berserker, "Allevata dai Berserker" (solo per i fan più accaniti sulla lista e-mail di Lee=)
Vai qui per cominciare... https://geni.us/BredBerserkersIT

PROLOGO

«Muriel», qualcuno stava chiamando il mio nome, toccandomi il braccio. Aprii gli occhi, facendo una smorfia per il mal di testa lancinante che sentivo. «Svegliati» disse mia sorella, in un sospiro tremolante.

«Che succede, Fleur?», gracchiai. «Si è spento il fuoco? Dov'è Sabine?»

«È sparita, ricordi? Non la vediamo da un giorno e una notte.» Fleur stava parlando, ma io a malapena riuscii a sentirla mentre mi alzavo di scatto e fissavo tra le sbarre di una gabbia. Dove mi aspettavo di trovare le pareti della nostra casa e il camino in pietra, c'era invece soltanto foresta.

«Che cos'è questo?», sussurrai. Eravamo sedute al centro di una gabbia di legno fatta di rimani alti quanto un uomo e lunghi il doppio, coperte da pellicce pesanti. Oltre le sbarre c'erano figure a muoversi intorno ad un fuoco acceso. Qualche uomo accompagnato da cani giganti.

Fleur si avvicinò di più a me. «Sono venuti durante la

notte», sussurrò di rimando. «Ricordi? Sono entrati dentro e ci hanno prese.»

«Sì... sì, mi ricordo.» La testa era dolorante, ma cominciai lentamente a ricordare le figure scure che incombevano su di noi. Quando erano entrati, io mi ero subito alzata in piedi, puntando loro contro un piccolo coltello che la mia sorella maggiore, Sabine, mi aveva insegnato a portare sempre con me. Uno dei guerrieri era riuscito a prenderlo direttamente dalla lama.

«Facciamo attenzione», aveva riso, strappandomi l'arma dalla mano nonostante la sua stesse sanguinando, «Questa qui è combattiva.»

«Lasciatemi stare!», avevo urlato. La mia forza però era andata via nel momento in cui uno di loro mi aveva presa e gettata a terra con tutta la loro forza. Avevo cercato di muovermi anche a terra, inclinando il capo per poter guardare Fleur. La mia sorella gemella era spesso malata, molto più cagionevole di salute di quanto fossi io. Stava indietreggiando sempre più sul suo letto, in quel momento, mentre tre di quei guerrieri si avvicinavano a lei. «Lasciateci in pace!»

«Se stai zitta, non ti faremo del male.» Il guerriero che mi teneva dai polsi aveva poi coperto il mio viso con un sacco, e mi aveva preso di peso per alzarmi. In un attimo ci eravamo ritrovati fuori da casa mia, nel buio della notte. Avevo urlato, e avevo cercato di liberarmi con tutta la forza che avevo. Il guerriero che mi portava cercò di tenermi ferma, e poi—

Buio. Da quel momento in poi, non ricordavo più niente.

«Che cosa è successo?» chiesi a mia sorella, senza staccare gli occhi di dosso agli uomini che potevo vedere grazie alla luce gettata dal fuoco. I guerrieri giganti stavano tagliando altra legna da aggiungere al fuoco.

«Non ricordo molto di ciò che è successo dopo che siamo state prese. Devo aver sbattuto la testa.»

«L'uomo che ti portava ti ha colpito, per farti dormire», disse Fleur. «Ma io sono rimasta sveglia per tutto il tempo. Ci hanno portate qui, più velocemente di quanto un uomo normale possa correre. So che non mi credi...»

Fleur si ritrovava spesso ad avere sogni e visioni durante il giorno. Fantasticava su cose che, poi, condivideva soltanto con me. Le capitava spesso di vedere cose che non erano vere, per poi ritrovarsi a chiedere di loro a me. Con il mio aiuto, evitava di parlarne con altra gente. Se l'avesse detto a qualcun altro, l'avrebbero certamente scambiata per una strega, e l'avrebbero uccisa.

«Ti credo», le dissi, stringendo forte la sua mano. «Questo è reale. Sta succedendo.»

Gli uomini intorno al fuoco erano più spaventosi quando stavano alla luce che quando stavano al buio. Giganti e muscolosi, portavano i vestiti dei guerrieri e grandi armi, asce e archi, coltelli e spade. Nonostante fossero più grandi di qualsiasi altro uomo mi fosse mai capitato di vedere, si muovevano con estrema grazia, proprio come predatori. Uno dei nostri rapitori camminava con solo pelli addosso, ed uscì fuori dalla foresta con un grosso ramo sulla spalla, come se pesasse nulla. Lo buttò su una pila piena di rami grossi tanto quanto quello, poi si unì al gruppo intento a studiarci. Tra gli uomini camminavano alcune bestie giganti che pensavo fossero cani, se non fosse stato per la loro stazza e quegli occhi dorati e intelligenti che sembravano in qualche modo umani.

Fleur ed io ci attaccammo l'una all'altra in mezzo a quell'incubo.

«Ma chi sono questi uomini?» chiesi, disperata. I miei denti sbattevano insieme, più per paura che per il freddo.

«Lupi.» Fleur indicò due dei guerrieri appostati a farci da guardia. Non passava neanche un minuto senza che loro ci guardassero. Non riuscii a fare a meno di notare che sembravano particolarmente interessati a Fleur, tra le due, e mi venne naturale stringerla più forte.

«Vedi quei due? Sono stati loro a portarmi, hanno fatto a turno. Mi hanno detto che una strega li ha maledetti con grandissima forza e velocità, ma che con la maledizione è arrivata la rabbia e la ferocia di una bestia potente. Non riuscivo a capire, fino a quando non ho visto uno di loro, il terzo, trasformarsi da uomo a lupo.» La bestia che indicava in quel momento era enorme, più grande di qualsiasi cane o lupo avessi mai visto.Con quel pelo scuro e gli occhi a brillare nella luce del fuoco, sembrava una creatura demoniaca.

E non la smetteva di fissare Fleur.

«Cosa vogliono da noi?»

«I guerrieri mi hanno detto che non hanno donne. Ci hanno prese perché hanno bisogno di compagne.»

Forzai il mio sguardo incredulo via dalle bestie giganti e dai guerrieri, per poggiarlo sugli occhi pallidi di Fleur. Mia sorella era naturalmente pallida, ma in quel momento sembrava ancora più stanca e sfinita, con cerchi enormi sotto gli occhi. Ma non importava quanto fosse stanca, dentro me sapevo che stesse dicendo la verità.

«Com'è possibile?»

«Una profezia ha detto che c'era una razza di donne con cui loro avrebbero potuto accoppiarsi. Muriel... loro hanno Sabine.»

«È qui? È viva?» Nostra sorella maggiore era sparita qualche notte prima. Mi strinsi nelle pelli, sopraffatta da tutte le cose che stavo sentendo e dall'unica buona notizia tra tutte le altre.

Fleur annuì, e poi si sdraiò accanto a me. «L'hanno presa

per prima, perché lei è stata scritta come compagna dei due Alpha.»

Aggrottai la fronte. «Due? Insieme?»

«A volte si accoppiano con una donna insieme.»

Chiusi gli occhi. La testa faceva male di nuovo, e non per il colpo che avevo preso poco prima.

«Pensi che stia bene?» A volte non andavo molto d'accordo con mia sorella maggiore, ma lei si preoccupava sempre di guardarci le spalle, si occupava sempre di noi, e lo aveva fatto dalla morte di nostra madre. Avevamo un'altra sorella, Brenna, più grande di tutte noi, ma anche lei era stata presa.

«Io penso che Sabine stia cercando di andare contro di loro. Quando ne hanno parlato, però, lo hanno fatto ridendo, dicendo che, in un modo o nell'altro, si occuperanno gli Alpha di farla calmare. E poi...» la voce di Fleur scemò, ma non aveva bisogno davvero di finire la frase perché io capissi.

Quando Sabine fosse stata calmata, sarebbe stato il nostro turno.

Venne l'alba, e nonostante la paura ad attorcigliarmi lo stomaco ed una brutta sensazione sul mio petto, mi svegliai comunque. Quando lo feci, la folla di guerrieri si era fatta più magra. C'erano soltanto tre guerrieri rimasti—gli uomini che avevano portato Fleur, e il loro compagno in forma di lupo.

Qualcuno aveva lasciato un po' d'acqua proprio fuori dalle sbarre. Aspettai più che potei, ma alla fine allungai le braccia oltre esse per afferrarla. La odorai con attenzione, ma non c'era niente nell'odore che potesse farmi pensare ci fosse veleno all'interno. E se quei guerrieri volevano ucciderci, avrebbero potuto farlo semplicemente con la forza bruta. Convincendo me stessa con quelle motivazioni, smisi di esitare e bevvi un po'.

Quando il vento cambiò direzione e il fumo arrivò dentro la nostra gabbia, Fleur cominciò a tossire nel sonno. Mi spostai per prendere il fumo invece che lei, ma lei non smise di tossire. I suoi polmoni non sono mai stati particolarmente forti.

Se solo Sabine fosse lì. Era sempre stata lei, quella forte e intelligente, quella con la magia. Lei non avrebbe avuto problemi a chiedere ai nostri rapitori di portare qualcosa per Fleur, qualche medicina, e non si sarebbe fermata prima di assicurarsi che fossimo libere.

Avevo appena portato le gambe vicino al petto, la testa sulle mie ginocchia... quando una voce sussurrò direttamente nel mio orecchio.

Alzai di scatto la testa, e quando la girai mi ritrovai di fronte due occhi dorati. Un lupo dal pelo rosso, così rosso che avrei pensato fosse una volpe se solo non fosse stato così grande, era seduto a pochissimi passi da dove ero seduta io nella gabbia.

Lo guardai confusa, e restai a guardare anche quando la magia cominciò a funzionare, e poco a poco il lupo si trasformò lentamente in un uomo, nudo se non per un misero perizoma.

Se Fleur non mi avesse spiegato tutto la notte prima, avrei pensato di star ancora dormendo, o di essere uscita fuori di testa. Ma quell'uomo sembrava parecchio reale. Era giovane e forte, con petto e gambe pallidi ed estremamente muscolosi. L'unica cosa che aveva in comune con il lupo che era appena andato via erano i capelli rossi.

Mi scoccò un sorrisetto furbo, poi poggiò un dito sulle labbra, intimandomi di restare in silenzio. Guardai i guerrieri dietro di me che dovevano farci la guardia, tutti intenti a guardare il fuoco. Il fumo continuava ad arrivare nella nostra direzione. Diedi loro le spalle, poi annuii al guerriero dai capelli rossi. Per qualche ragione lui non voleva essere visto, e il suo segreto era al sicuro con me.

Il suo sorrisetto si fece più grande, mettendo in mostra i suoi incisivi lunghi. Mi chiamò più vicino.

Per qualche ragione, mi ritrovai ad obbedire, strisciando tra le pelli per avvicinarmi al lato della prigione di legno.

«Muriel?» la sua voce bassa era roca, quasi difficile da comprendere, ma riuscii a distinguere il mio nome quando lui ripeté, «Sei tu Muriel?»

Guardandolo, annuii.

«Sei sicura, ragazza?», mi chiese. «Ho un messaggio per Muriel, e non voglio darlo alla persona sbagliata.»

Leccandomi le labbra, riuscii a trovare la mia voce. «Sono Muriel, sì. Tu chi sei? Che sta succedendo?»

«Sei stata presa dai Berserker, guerrieri a cui è stata lanciata una maledizione, e sono costretti a vivere come bestie. Sei stata rapita dal Clan Lowland. Io sono Fergus, del Clan Highland. Il mio Clan e questo non vanno d'accordo.»

Questo spiegava la sua segretezza.

«E hai detto di avere un messaggio per me?»

«Sì. I miei Alpha ti promettono che non ti verrà fatto del male. Presto sarai libera.» Si avvicinò ancora di più, attaccandosi alle sbarre. Se avessi messo una mano tra di esse, sarei riuscita a toccarlo.

«Non è molto sicuro, per me, uscire fuori dal mio nascondiglio... ma avevi un'aria molto triste. E volevo rassicurarti.» Così vicino, riuscivo a vedere la cascata di lentiggini sul suo viso.

«Grazie. È stato molto gentile, da parte tua.»

«Non posso restare a lungo. Ho corso questo rischio

perché la direzione del vento è cambiata, e fin quando resta così non riusciranno a sentire il mio odore.»

«Per favore... potresti liberarci?»

«Non posso. Non adesso. Non finché non saprò che sei al sicuro. Sai perché sei dentro questa gabbia?»

Guardai di nuovo il fuoco, ma le nostre guardie erano ancora distratte. «Per impedirci di fuggire?»

«No, per impedire ai mostri di entrare.»

Avrei voluto chiudere gli occhi, stendermi e dormire, e dimenticare tutto ciò che stava succedendo quasi come fosse stato un sogno. O un incubo. Invece continuai a studiare Fergus. Con le sue lentiggini e i suoi modi carini di fare, avrebbe benissimo potuto essere uno dei ragazzini del mio villaggio, se non fosse per il suo aspetto meraviglioso e corpulento, e quella magia che lo rendeva un lupo.

«Perché ci hanno prese? Perché siamo qui?»

«Perché hanno bisogno di compagne.»

Fleur aveva detto la verità. Strinsi più forte le sbarre, stringendo la mascella per tenere dentro le lacrime.

Fergus sembrava affranto. «Adesso, ragazza, non piangere», sussurrò. «Andrà tutto bene.»

«Non so come smetterla... non so cosa fare.»

«L'aiuto sta arrivando. Te lo giuro sulla mia vita, ti farò uscire di qui. Non preoccuparti, piccolina.»

Dopo un respiro tremolante, annuii.

«Il vento sta cambiando. Se riescono a sentire il mio odore, mi prenderanno.»

«Non andartene...», lo pregai.

Lui inclinò la testa. Le sue spalle erano coperte di lentiggini come il suo viso. «Non hai paura di me, piccolina?»

Non sapevo come rispondergli a quella domanda. «Per favore...»

«Non sarò così lontano da te. Mi assicurerò che nessuno

ti faccia del male. Questo Clan è pericoloso, ma i lupi più instabili hanno l'ordine di starti lontano.»

Cambiò forma un'altra volta di fronte a me, le sue caratteristiche fisiche da uomo si trasformarono in quelle grosse e piene di pelo di un lupo. Mi feci indietro, ma lui era già andato via, il movimento di una foglia su un ramo basso lì vicino l'unica prova che lui fosse stato lì di tutto principio.

Mi attaccai a Fleur, ma lei era ancora nel pieno del sonno, le sue guancefin troppo pallide, il suo corpo scosso dalla tosse. Le lacrime cominciarono a scendere copiose sulle mie—colpa del fumo, dissi a me stessa. Non della paura.

Un guerriero si avvicinò verso il gruppo. Pallido e biondo, era più alto di tutti gli altri, e torreggiò su di loro quando chinarono il capo verso di lui.

«Arne, Erik», disse agli uomini, poi si rivolse al lupo, «Gunnr.» Aveva uno strano accento, ma parlava con voce acculturata e calma. Lo avrei quasi considerato un Lord di qualche corte lontana, ma quando alzò il mento per annusare l'aria, vidi il predatore che era in lui.

«Alpha», lo salutarono i guerrieri, e la sua testa si voltò verso la nostra gabbia.

«Che cosa è quest'odore?», chiese l'Alpha ai suoi uomini. «È quello di un lupo. Uno che non fa parte dei nostri.»

«Lo sento anch'io», ringhiò il guerriero di nome Arne.

La paura mi fece tremare. Avrebbero scoperto dove si trovava Fergus, e sarebbe stato tutto perduto.

Mi spinsi più lontano possibile da loro nella gabbia, lontana da dove ero stata con Fergus.

«Ehi», urlai verso di loro. «Voi, lì.» Afferrai le sbarre, cercando di scuoterle. Fleur tossì un'altra volta nel sonno, la distrazione perfetta.

L'attenzione dei guerrieri si spostò subito su di me. La

paura mi impediva quasi di sentire il mio corpo, e a questo si aggiungeva il freddo, e in quel momento la rabbia.

«Mia sorella sta male. Potrebbe morire se non riesco a darle le erbe che necessita.»

Il biondo alto venne verso di me. Si abbassò, inclinando la testa per guardarmi negli occhi. I suoi erano di un dorato acceso.

Aspettai che parlasse, ma l'unica cosa che fece fu continuare a guardarmi.

«Mi avete sentito?» Fu la rabbia a darmi la forza di parlare. «Ci avete prese entrambe—e presto una di noi due morirà. Se è lei ad andare... ve la farò pagare.» Non sapevo come avrei fatto. Le mie guance erano congelate dalle lacrime precedenti... o forse erano nuove?

«Minacci chi ti tiene in trappola?», mormorò l'Alpha. «Mi chiedo cosa ti renda così coraggiosa.»

«È il nemico, Ragnvald», rispose una delle guardie— Erik. Il secondo e il terzo, in forma da lupo, stavano fermi al margine della foresta, ululando e colpendo il terreno con le loro zampe nel punto esatto in cui era stato Fergus.

Camminarono verso un lato della gabbia, ed io cominciai a tremare di paura.

«È stato qui. Uno del Clan Highland. Se partiamo adesso, possiamo stanarlo.»

Fissai in volto il capo del Clan, pregandolo silenziosamente.

«No», disse lui alla fine. «Lasciamolo andare. Se il piano va come deve, il Clan Highland non costituirà più una minaccia per noi.»

Mantenni lo sguardo fisso nel suo ancora per un po', poi un dolore lancinante mi colpì la testa ed io abbassai gli occhi. Un potere strano si fece largo nell'aria, più forte di quanto potessi umanamente comprendere io, e mi si alzarono i peli sulle braccia.

Fleur tossì un'altra volta, e l'incantesimo si spezzò.

«Vi prego, mio Signore», dissi. «Mia sorella sta davvero male.»

«Sai cos'è che può salvarla?» chiese Erik con voce dura e gutturale. Si avvicinò alla gabbia, gli occhi sul corpo esile di Fleur. Io mi feci indietro, ma il guerriero si fermò solo quando il leader alzò una mano perché lo facesse. Ogni singolo muscolo sul corpo di Erik era teso, come fosse stato pronto a scattare a comando e rompere le sbarre della gabbia.

«Sì», deglutii. «Posso trovare le erbe che mi servono per farle le medicine, se mi lasciate andare.»

Fleur tossì un'altra volta, ed uno dei lupi piagnucolò di nuovo.

«Alpha, per favore», chiese Erik a voce bassa. Il sudore gli imperlava la fronte mentre aspettava la risposta del suo capo.

«D'accordo.»

Erik si avvicinò, rompendo i lacci nella gabbia cosicché un lato di essa venisse aperta.

«Prendi Gunnr con te e andate a cercare il nostro intruso», continuò Ragnvald. «Quando lo troverete, non fateglì del male. Ditegli soltanto che desidero vederlo per parlare di una tregua, e per negoziare la pace tra i nostri Clan.»

Io non riuscii a respirare fino a quando i guerrieri non furono andati via.

«Stai tranquilla, Muriel», disse l'Alpha. «Tua sorella mi ha parlato di te e del tuo coraggio. E sembra che anche Fleur abbia già incantato i miei guerrieri in meno di mezza giornata.»

Il Cielo blu mi chiamava da oltre la gabbia di legno,

eppure io mi ritrovai ad esitare. L'Alpha parlò di nuovo. «Vieni fuori, sorellina. Io sono Ragnvald, l'Alpha del Clan Lowland. Ti assicuro che non ti farò alcun male.»

«Non sono tua sorella», gli dissi.

«Non ancora, è vero», rispose lui, divertito. «Ma quando Sabine accetterà il suo posto al mio fianco, lo sarai.»

Con il cuore a martellare forte dentro il petto, uscii fuori dalla gabbia. L'Alpha del Clan Lowland mi porse la mano, portandomi dentro la mia nuova vita.

1

Nove Lune Dopo

Vidi il lupo tra le foglie del cespuglio di bacche. Grande e rosso, con la punta della coda bianca, sedeva con la lingua portata fuori, e mi guardava.

Con un sorriso mi girai verso il ramo su cui stavo aspettando, e presi un altro po' di bacche per pranzo.

Un venticello leggero fece alzare di poco la mia gonna, portando con sé un odore fresco e aperto—come di terra bagnata dalla pioggia. Le foglie si fermarono sotto i piedi di qualcuno—un suono troppo leggero da cogliere se non ci si prestava attenzione.

Un paio di grandi mani ruvide mi coprì gli occhi.

«Indovina chi è», mi pizzicò il lobo dell'orecchio un accento scozzese.

«Fergus», ridacchiai divertita, girandomi a guardare il giovane guerriero dalla faccia meravigliosa e dai muscoli forti e scolpiti, che mi facevano venire sempre l'acquolina in bocca.

Era fermo di fronte a me a petto nudo e senza vergogna, con addosso solo un perizoma a coprire le sue parti basse. Il colore nelle sue guance era l'unica cosa che faceva intendere che anche lui fosse un po' toccato dalla leggera brezza intorno a noi.

Mi schiarii la gola, inclinando la testa per nascondere il mio rossore. «Non dovresti essere qui... ed io non dovrei vederti in questo modo.»

«Non posso portarmi sempre i vestiti dovunque vada. Al mio lupo piace correre senza niente addosso.» La sua voce si fece più bassa, seduttrice. «Guardami, Muriel...»

Feci come mi aveva detto, alzando lo sguardo per incontrare i suoi occhi azzurri. Guardai affascinata la magia dentro di lui far diventare i suoi occhi lentamente dorati.

«Mi sei mancata, piccola.»

«Anche tu mi sei mancato», sussurrai. Erano cambiate tante cose da quando ci eravamo conosciuti, scambiandoci nomi divisi dalle sbarre di una gabbia. Io e le mie sorelle vivevamo con i Berserker, meno come prigioniere e più come premi. Fergus fungeva da tramite tra un Clan e l'altro, e così, anche se io vivevo con i Lowland, potevo vederlo spesso—ma sempre in presenza di un Alpha, o di qualche guardia. Mai da sola, mai in segreto, come in quel momento.

«Sembra che tu stia bene.»

Mi sentii la pelle bruciare sotto il suo sguardo, intento ad andare su e giù, affamato.

Mi schiarii la voce, cercando un modo per cambiare argomento. Non avevamo molte possibilità di parlare, non molto tempo. L'unico tempo che avevamo era quello per guardarci, toccarci leggermente, per dire parole pesate e attente. L'intero Clan faceva la guardia su me e mia sorella, perché eravamo l'unica loro speranza per il futuro. Ma di tutti i giganti, di tutti quei guerrieri dimenticati, l'unico in grado di farmi ridere con quei suoi modi burberi di fare, quelle battute stupide e piccate e innocenti ma chiare abbastanza da farmi capire che fossero solo per me, era Fergus.

«Speravo venissi a trovarmi, oggi.»

«Sì?» mi chiese, facendo un passo verso di me, gli occhi accesi.

Io ne feci uno indietro, arrossendo. «Sì. So che non dovrei parlare con i guerrieri, perché non ho un compagno ancora, ma volevo parlare con te.»

«Beh, allora, piccola» cominciò, continuando a venire verso di me, ed io continuando ad indietreggiare. «Cosa volevi dirmi?»

Non importava quanta lontananza provassi a mettere tra me e lui, lui continuava ad avanzare. Lentamente. Alla fine riuscii ad intrappolarmi tra lui ed il cespuglio di bacche. Il mio cuore prese a battere più forte, forte come il battito d'ali di un uccello pronto a spiccare il volo.

Alzò una mano, offrendomi un fiore bianco.

Mi sentii invadere immediatamente dal calore mentre lo accettavo, prendendolo dallo stelo. «Sapevo fossi tu a mandarmeli.»

Nell'ultimo periodo mi ero ritrovata a prendere fiori bianchi ovunque. Venivano lasciati per me in qualche modo, dagli uccelli, oppure caduti da piccoli rami, ma quando avevo cominciato a trovarli dove era impossibile che fossero a meno che non fossero stati lasciati di proposito da qualcuno, avevo capito subito che fossero piccoli regali lasciati per me dal lupo rosso. «Grazie. È bellissimo. Ma ho bisogno di dirti... ho bisogno di *avvertirti*. Non dovresti avvicinarti così tanto a me. Non è sicuro.»

Inclinò la testa, come toccato dalla mia preoccupazione. «Non m'importa della mia sicurezza.»

«Ma a me sì. Ti prego, Fergus. Non voglio che gli altri ti trovino qui.»

«Non riuscirebbero a prendermi, in ogni caso. Sono piccolo, è vero, ma sono più veloce quando sono un lupo.»

Ero pronta a protestare, ma lui alzò un dito, e quasi mi accarezzò le labbra. «Vuoi perdere tempo prezioso a discutere?»

«No.»

«Allora parliamo di altre cose.»

C'erano così tante cose che volevo chiedergli, così tante cose che volevo sapere. Mi ritrovavo spesso a pensarlo, sul mio letto di notte, senza poter prendere sonno, con i suoi fiori bianchi sulle labbra.

«Fa male Cambiarsi?»

«Non quando divento un lupo. La bestia, la nostra forma Berserker, viene fuori in risposta ad emozioni forti. Quello può essere un po' doloroso, se non altro per il desiderio di combattere e spezzare la terra stessa. Ma smettiamola di parlare di quando divento un mostro.» La sua voce era leggera, ma sapevo che fosse preoccupato della bestia che prendeva possesso della sua mente. Tutti i Berserker erano, un tempo, soltanto uomini maledetti dal Cambiamento. All'inizio riuscivano a controllare la trasformazione da uomo a lupo, ma dopo decenni di lotte, avevano cominciato a perdere il controllo della loro terza, più temibile forma: la bestia.

Per me, però, Fergus non era un mostro per niente. Il guerriero dai capelli rossi che stava di fronte ai miei occhi poteva benissimo essere il ragazzino del villaggio cresciuto nell'uomo che avrei potuto amare. Era il tipo di uomo che mi ero sempre ritrovata a sperare mi corteggiasse, un giorno. Avremmo avuto un matrimonio tipico dei nostri villaggi, e una vita semplice, felice, pieni di noi e dei nostri figli.

La mia vita era cambiata tanto, ma io continuavo a tenere stretta a me anche solo una piccola scintilla di speranza. E ogni singola volta che mi trovavo in compagnia di Fergus, quella scintilla sembrava potersi trasformare in realtà.

Mi tolsi il cappotto di dosso, mettendolo su di lui.

«Camminiamo un po'?», proposi. Non dovevamo stare vicini. Sarebbe potuta benissimo scoppiare una guerra se qualcuno ci avesse trovato insieme, ma ciò che ci spingeva sempre più vicini era difficile da tenere a bada.

Camminando sul sentiero del bosco in silenzio, le sue dita scivolarono lentamente sul mio polso, oltre la manica lunga che copriva il mio braccio. Lo lasciai condurmi più in fondo nella foresta. Il mio cuore prese a battere veloce, impaziente di trovare un posto segreto dove poter liberare le nostre anime e stare insieme, senza nessuna minaccia di essere trovati e decapitati per questo.

«Sei cresciuta un pochino durante queste Lune» disse, con quella sua voce bella e leggera.

«Sono fatta più grossa?» gli chiesi, uno sguardo giocoso.

«No. Purtroppo no. Mi piace un po' di carne nelle ossa della mia donna.»

Io scossi la testa.

«Scherzo, Muriel. Sei bellissima.» Le sue dita mi carezzarono dolcemente una guancia.

Arrossendo, mi scansai dolcemente dal suo tocco. Spendevo costantemente notti su notti ad immaginare le sue dita su di me, i suoi fiori bianchi sulle labbra. Ma ero stata avvertita sulle conseguenze delle mani di un Berserker sul mio corpo. E Fergus questo lo sapeva bene quanto me. Nella magia del buio, della quiete della foresta, era semplice dimenticarsi delle regole.

«Dove stiamo andando?»

La sua mano si spostò dalla mia guancia, e scese di nuovo sul mio polso. «Non manca molto.»

Finalmente, poco dopo arrivammo in un posto dove la luce a malapena filtrava tra i rami degli alti pini tutti intorno. Un piccolo torrente scorreva al centro di quella piccola cavità, e in quel punto Fergus decise di fermarsi. Le sue mani sui miei polsi, mi alzò senza sforzo per farmi sedere su una grossa roccia liscia sul torrente, e poi si sedette accanto a me. Prima che potessi anche solo rischiare di perdere l'equilibrio, mi spinse più vicina, stringendomi tra le sue braccia come fossimo una coppia intenta a danzare ad una fiera di mezza estate.

«Fergus...», tenni gli occhi sui muscoli scolpiti del suo petto. Magro e muscoloso, Fergus era il più piccolo del suo Clan, ma nonostante ciò era più alto di me e molto, molto più forte. Molto più forte di qualsiasi uomo esistente. «Non dovremmo stare così vicini. È proibito.»

«Muriel», il modo in cui sussurrò il mio nome sembrava quasi una preghiera, una canzone. «Guardami.»

«Non posso», dissi, tenendo il mio sguardo basso. «Sabine dice che non devo guardare nessun Berserker negli occhi, perché rischio di offenderli.»

«Forse rischi di offendere qualsiasi altro guerriero, sì, ma non me. Non mi offenderesti mai. Guardami, bimba», comandò di nuovo, toccandomi leggermente il mento con un dito.

Aveva occhi di tempesta sull'oceano. Quando la bestia prendeva il possesso di lui, cambiavano colore e diventavano di un dorato così brillante da far male.

«Avrei tante cose da dirti, ma non posso dirtele ancora. Non ho il permesso.»

Le mie guance si colorarono immediatamente di rosso, rispondendo non solo alle sue parole, ma anche al suo tocco. «Non puoi dirne solo alcune?»

«Lo farei, se potessi. Un giorno, presto, lo farò. Ti dirò

tutto quello che vuoi sentirti dire, e anche di più.» La sua promessa mi fece sentire improvvisamente calda. C'erano così tante differenze tra di noi—lui era un Berserker del Clan Highland, ed io ero tenuta prigioniera dai loro nemici; lui era un lupo mannaro, io non lo ero—ma in quel momento eravamo uno solo, un solo respiro, un solo cuore.

Avvicinando la testa verso di me, la sua fronte toccò la mia, e la sua voce si fece ancora più bassa, portando il mio corpo ad essere percorso dai brividi. «Se potessi fare come dico io, mi assicurerei di *mostrarteli*,questi miei pensieri, oltre che dirli ad alta voce. Ti piacerebbe, piccola?»

Aprii la bocca per rispondere, ma lui girò improvvisamente la testa.

«Lo senti?»

«No.»

«Tuo sorella ti sta chiamando...» disse, con voce triste.

Io sospirai. «Allora devo andare», sussurrai.

«Lo so...»

Presi un piccolo fiocco dal mio vestito. Con la testa abbassata, annodai la piccola stoffa intorno al suo bicipite.

Quando mi tirai indietro, lui mi afferrò la mano, portandomi di nuovo da lui. Mi appoggiai sul suo corpo, gli occhi chiusi, e le sue labbra sfiorarono con dolcezza le mie.

Non smisi di sorridere per tutto il viaggio verso casa.

PER LE ULTIME DUE LUNE, ho vissuto con Sabine nel grandissimo spazio che i suoi due Alpha, Ragnvald e Maddox, avevano costruito per lei. Non mi ritrovai sorpresa quando corsi verso le porte ed esse si aprirono senza che io dovessi fare nulla. Un guerriero dai capelli scuri, coperto con piccoli stracci di pelle e dal petto coperto di tatuaggi mi aspettava all'interno.

«Muriel», mi salutò. «Sono contento che tu sia tornata sana e salva. Tua sorella Sabine era preoccupata che avessi smarrito la strada.»

«L'ho fatto, per un momento» dissi la mezza verità; Fergus mi aveva condotta fuori dal sentiero che conoscevo. E i lupi riuscivano a fiutare le bugie. «Dov'è mia sorella?»

«Mi stavo preparando ad uscire per venirti a cercare.» Mia sorella maggiore era ferma dietro un grande tavolo coperto di erbe morenti. «Dov'è il tuo cappotto, Muriel?»

«Devo averlo lasciato nel bosco...» Un'altra mezza verità. Sabine aggrottò la fronte, ed io mi scavai le tasche per prendere le erbe che avevo finto di voler andare a raccogliere per poter uscire quella mattina. «Ecco qui le foglie di partenio. Ho seguito il torrente fino a quando non ne ho trovato cespugli pieni.»

«Ah, quindi sei stata vicino al torrente. Ecco perché Ragnvald non riusciva a rintracciarti.»

«Lo avrei fatto, ad un certo punto.» Il secondo compagno di mia sorella, Ragnvald, entrò nel grande spazio dietro di me. «Volevo solo assicurarmi di trovarla prima che lo facesse l'altro lupo.»

«C'era un altro lupo lì fuori? Berserker?» chiese Sabine.

«Riesco ad annusarlo su di te, Muriel. Devi essergli stata vicina.»

Io tenni la testa bassa, e mi lavai le mani. Se avessi detto qualsiasi cosa avrebbero sentito la bugia nelle mie parole, e non potevo mettere in pericolo Fergus.

«Troppo via vai tra il nostro Clan e l'altro», mormorò Ragnvald.

«I lupi non perdono tempo per poter anche solo guardare le donne con cui potersi accoppiare. Quelle designate per i Berserker. Anche io rischierei la mia vita per guardare» disse Maddox a Sabine, prendendo tra le dita una ciocca dei suoi capelli dorati. Lei gli diede un piccolo schiaffo, e lui rise.

Ragnvald, invece, restò serio. «Niente più escursioni fuori da qui da sola», mi disse.

«D'accordo» dissi, docile. Durante questo tempo avevo imparato che potevo andare molto lontano fingendo di essere dolce ed obbediente.

Sabine era troppo testarda per sottomettersi. «È ridicolo», aggrottò la fronte verso Ragnvald, le mani sui fianchi. «La primavera è arrivata. Non potete tenerci imprigionate dentro.»

«Solo per un altro po'. Muriel ci lascerà presto.»

«Pensavo che sarebbe rimasta con noi. E Fleur con nostra sorella Brenna.» Parte della tregua preveda che noi quattro venissimo divise equamente tra i Clan. Brenna era la compagna degli Alpha di Highland, Sabine di quelli di Lowland. Presto, anche io e Fleur avremmo dovuto trovarci dei compagni. Nessuno me l'aveva detto apertamente, ma lo avevo compreso comunque. Eravamo ancora prigioniere, nonostante fossimo trattate con cura e rispetto.

«Dobbiamo parlare. Muriel, potresti venire qui?» Ragnvald indicò di fronte a lui, davanti al camino in pietra. Io mi avvicinai, e mi sedetti con le mani sulle cosce. L'immagine perfetta della sottomessa. L'Alpha dai capelli biondi non mi aveva fatto domande sull'odore di lupo che mi aveva sentito addosso, ed io volevo soltanto evitare di creare sospetti. Una parola di troppo, e i miei incontri segreti sarebbero stati rivelati. Io mi sarei trovata nei guai, e sarei stata messa in regola, ma Fergus... era lui che rischiava di più. Perché i Berserker si sarebbero arrabbiati principalmente con lui. La punizione per quello che avevamo fatto per lui poteva essere la morte. I

Clan erano molto severi quando si trattava di preservare le loro poche compagne.

Mantenni il silenzio mentre Ragnvald mi studiava.

«Che cosa sta succedendo? Che stai facendo?» chiese Sabine, poggiando mortaio e pestello. Maddox si avvicinò ancora di più a lui, e lei lo guardò piccata.

Ragnvald parlò direttamente con me. «Come ben sai, tutti i Berserker si sono incontrati alla Riunione, la settimana scorsa.»

Io annuii.

«Sono state prese tante decisioni per permettere alla pace di restare tale tra i nostri Clan. Tra due notti ci sarà una grande competizione. Verrà considerata la forza, la prontezza di entrare in battaglia e la brutalità. Muriel, tu sarai una spettatrice dei Giochi. Sabine e tutti gli Alpha saranno lì per guardare, ma tu sarai l'ospite d'onore.» Si fermò, aspettando la mia risposta.

«Capisco», dissi, nonostante non capissi. «Sono contenta di andare dovunque la tregua decida che io debba andare. Come sempre, le mie sorelle ed io siamo grate della vostra ospitalità e della vostra protezione.» Togliamo il fatto che fossi più una prigioniera che altro, e che servissi soltanto come pedina tra i Clan. Se fossi rimasta in silenzio, se avessi continuato ad obbedire, forse mi avrebbero premiata con un po' più di libertà. Forse avrei avuto la possibilità di vedere Fergus ai Giochi, e avremmo trovato il modo di rubare qualche attimo da soli ancora una volta.

«I Giochi stabiliranno chi è il Berserker più forte tra tutti i Clan. C'è un premio, per il vincitore.»

Pensai di aver capito. «Volete che io sia lì per poter consegnare il premio al vincitore?»

I due Alpha si scambiarono uno sguardo. Ragnvald si avvicinò dov'ero seduta, e si inginocchiò di fronte a me.

«Muriel», disse gentilmente, «tu *sei* il premio. Sarai data al vincitore dei Giochi, e lui ti reclamerà come compagna.»

Per un momento, sentii il mondo girare. Il fuoco scaldava troppo; il mio corpo sembrava scosso dalla febbre. Ragnvald stava ancora parlando, ma io sentivo solo rumore. La voce di Fergus era l'unica cosa chiara nella mia testa, la sua voce a lasciarmi promesse.

La voce di Sabine fu quella che, alla fine, riuscì a farsi spazio in mezzo a tutto il resto.

«La volete dar via come fosse un trofeo? Legata per tutta alla vita a chiunque sia che vincerà i Giochi? Senza possibilità di scelta?»

«Le daremmo la possibilità di scegliere, se potessimo. È stato questo ciò a cui siamo arrivati dopo molte notti», spiegò Ragnvald. «L'uomo che la vince sarà il più potente tra tutti i Clan. Sarà meritevole di avere una moglie.»

«Moglie... è un modo carino di chiamare una schiava. Praticamente state mettendo all'asta un pezzo di carne, è così che la vedete», si arrabbiò Sabine.

«Sabine...» cominciò Maddox.

Sabine si girò verso di lui. «Che succede se si rifiuta?»

«Non può rifiutarsi. Non c'è modo di scampare a questa sorte. Sapevi che sarebbe successo... lo sapevamo tutti» continuò Ragnvald con quel suo tono calmo e gentil.

«Potrebbe sparire durante la notte... Sono successe cose più strane di questa.»

«La terremo d'occhio. Entrambi i Clan hanno mandato guardie per controllarla.»

«E terremo d'occhio anche te, Sabine. Per assicurarci che non l'aiuterai a scappare.»

Sabine sbuffò in disgusto. Si staccò dal tavolo, poi calciò la sedia, che si andò a schiantare sul pavimento.

Maddox continuò a seguire Sabine in giro per la stanza, come un'ombra, aspettando che si calmasse.

«Ce ne andremo domani, per raggiungere il posto dove si terranno i Giochi», mi disse Ragnvald.

«E se odia il guerriero. Che succede in quel caso?», chiese Sabine.

Ragnvald esitò.

«Non può rifiutarlo, non è vero? Mia sorella potrebbe potenzialmente finire nelle mani del peggiore, brutale lupo nel Clan, e non può fare nulla per scappare via da lui. Sarà legata per sempre. E a voi semplicemente questo... non importa» disse, delusa.

La mia lingua era priva di forze, ferma dentro la mia bocca, incapace di muoversi. Il mio cuore faceva male. Fergus sapeva cosa sarebbe successo a me? Qual era il mio destino? Doveva saperne anche solo un po'. Forse intendeva fare di tutto per vincere i Giochi.

«Sabine», Maddox si avvicinò alla sua compagna, stringendola tra le braccia. Lei si girò per guardarlo.

«Non è giusto.»

«È tutto ciò che siamo riusciti a fare.»

«Avete fatto esattamente ciò che è giusto per i guerrieri nei Clan. Non ci avete provato neanche, a fare ciò che è giusto per lei.»

«Magari potrebbe essere Muriel a decidere per se stessa.»

Sabine scosse la testa. Guardando nella mia direzione per l'ultima volta, uscì dalla stanza correndo, Maddox dietro di lei. Li sentii mormorare nelle loro stanze, alla fine della casa.

Io non mi ero ancora mossa, nonostante le mie mani fossero bianche dove le dita avevano cominciato a stringersi con forza.

«Muriel? Hai qualcosa da dire?»

«Mia sorella è molto arrabbiata.»

«A lei piacerebbe che la sua vita non fosse condizionata da forze al di la del suo controllo. È coraggiosa, ed è estremamente forte. Certe volte può permettersi di usare quella forza per smuovere le rocce che le impediscono di andare dove vuole. Certe volte, invece, deve semplicemente imparare ad arginarle. Un giorno avrà autorità abbastanza da poter fare lei stessa le regole.» La faccia meravigliosa di Ragnvald era pensierosa.

Mia sorella aveva la magia dentro di lei. La profezia di una strega aveva detto ai Berserker di una razza speciale di donne che portavano dentro di loro un tipo particolare di magia in grado di placare la Bestia dentro di loro. Fino a quel momento, Sabine e Brenna avevano provato che quella profezia fosse vera, e i Clan si aspettavano da me e Fleur lo stesso identico risultato. Era questo il motivo per cui non aspettavano altro che farci sposare con qualcuno di loro.

«L'ho sempre saputo che avrei dovuto sposare un Berserker», cominciai. Ragnvald sembrava ascoltarmi, seduto con un piccolo sorriso, probabilmente intento a pensare alla sua coraggiosa compagna. «Però speravo che avrei potuto almeno sapere che chiunque sarebbe stato il mio compagno, sarebbe stato qualcuno che mi piaceva.»

«Sorellina... sappi che se avessi potuto fare qualcosa per rendere le cose più semplici, per te, lo avrei fatto. Ma i Giochi sono l'unica cosa che riuscirà a soddisfare entrambi i Clan. L'alternativa sarebbe entrare in guerra.» Le mie sorelle erano ormai accoppiate felicemente con gli Alpha di entrambi i Clan. Per quanto discutesse, la verità era che Sabine amava Maddox e Ragnvald, e Brenna aveva già dato dei figli ai suoi due Alpha. La guerra avrebbe scombussolato la pace e la felicità di quella vita che erano già parecchio precarie. Ci tenevamo tutti troppo per poterle sacrificare. «Ci sono già discussioni e litigi su chi dovrebbe vincere una compagna tra i Berserker. È solo questione di tempo prima che un guerriero sfidi un altro per vincerti, combattendo fino a quando non si saranno distrutti a vicenda. Stiamo facendo tutto ciò che possiamo per evitarlo.»

«Loro stanno litigando... per me?»

Un piccolo sorriso gli incurvò le labbra alla mia innocenza. «Devi pensare alla speranza che dai a quegli uomini, Muriel. Tu e le tue sorelle siete le uniche donne in grado di calmare la ferocia della maledizione. Tutto l'oro e i premi che questi guerrieri hanno vinto nelle battaglie passate, per tutti questi secoli, niente di tutto ciò potrebbe essere importante tanto quanto vincere la vostra mano. Credimi quando ti dico che questi guerrieri lo prenderanno come un onore, battersi e sanguinare per te.»

Non riuscivo a pensare a nulla che potesse essere considerata una buona risposta, quindi semplicemente mi fissai le mani, desiderando silenziosamente di essere più coraggiosa, più forte, o più brava con le parole come Sabine.

«Quindi, chiunque vincerà questi giochi, dovrà essere il mio compagno... mio marito?»

«Nei Clan dei lupi, un compagno è più di un marito o una moglie. Il legame tra i due è più forte. Quest'uomo, chiunque egli sarà, dedicherà tutta la sua vita a te. Sarà un compagno devoto, un protettore, un leader, e farà tutto ciò che è in suo potere, per tenerti al sicuro da qualsiasi pericolo. Morirebbe, per te.»

Deglutii con forza. I Berserker vivevano come guerrieri, mercenari feroci sempre pronti a lottare. Li avevo visti allenarsi nei loro campi. Combattevano costantemente, si allenavano, si tenevano pronti a qualsiasi cosa, persino la guerra. Erano rudi e brutali, pronti alla violenza in qualsiasi momento. Era nella loro natura.

Ed io sarei stata data ad un uomo di questo tipo.

«Okay», dissi alla fine. «Ho capito. Grazie.»

«E di che, sorellina. Noi veglieremo su di te, e faremo tutto ciò che è in nostro potere per aiutarti.» Ragnvald si alzò, ed io sapevo che non vedesse l'ora di tornare nelle sue stanze, da Sabine. Dall'altra stanza il rumore della loro discussione era scemato, e aveva dato spazio ad... *altri* suoni. «Però sappi questo: chiunque sia il lupo che ti vincerà, possiamo prometterti che ti tratterà bene. Se non dovesse farlo, non sarà solo la nostra ira che conoscerà. Gli Alpha sarebbero chiamati a sedere per giudicarlo, e a quel punto lui sarebbe fortunato ad essere ucciso da noi. Perché se venisse lasciato nelle mani del Clan, il suo o il nostro, sarebbe fatto completamente a pezzi.»

PIÙ TARDI, quella notte, mi sveglia con il rumore di voci che discutevano. Sabine e i suoi due compagni dormivano nella parte in fondo della nostra casa. Per quanto ci provassi, a volte, ad attutire il suono con le mie coperte, li sentivo comunque molto spesso fare l'amore.

Ma quella notte c'era più rabbia che amore.

«Voi non capite», stava dicendo Sabine. «Le gemelle non sono come me, o Brenna. Loro sono state accudite, sono state coccolate. Le abbiamo tenute al sicuro, a qualsiasi costo.»

«E noi faremo lo stesso.» Ragnvald sembrava divertito. «Pensi che un Berserker non possa proteggere la propria compagna dal pericolo? Muriel sarà più al sicuro con un guerriero di uno dei due Clan che con qualsiasi altra persona sulla terra.»

«Io temo la rabbia dei Berserker più di qualsiasi altra forza.»

«Tu non temi assolutamente nulla, piccola strega.» Quello era Maddox. «Per nostra sfortuna. Sarebbe bello se ci temessi. Ci renderebbe più semplice, farci obbedire.»

Me la immaginai a dargli uno schiaffo.

«Dai poco conto a tua sorella, credendola così debole. È più forte di quello che pensi.»

«La sua forza potrebbe spezzarla. Vi obbedirà, e a che costo? Al costo di spendere la sua intera vita legata ad un bruto—»

«Ci assicureremo che verrà trattata come si deve da chiunque sarà a vincerla ai Giochi. Ma abbiamo bisogno che lei faccia ciò che deve fare. È il suo dovere.»

«Il suo dovere? È solo una ragazza—»

«Che ha il potere di portare stabilità e pace ad un interno Clan. Questi guerrieri sono andati avanti per tempo immemore senza nessuna speranza per una vita normale. Una vita da uomini. I Giochi daranno loro la possibilità di mettersi in competizione per ciò che desiderano più di qualsiasi altra cosa», disse Maddox.

«E quando vedranno il più forte tra loro ricompensato con una sposa, accetteranno che è lui ad averne più diritto», continuò Ragnvald. «Se non facciamo così, temo che si distruggeranno a vicenda per vincersi la mano di Muriel. I Giochi saranno violenti, ma non rischieranno la vita.»

«Almeno lo speriamo.»

«Non è giusto. Non m'importa cosa dite, non è giusto. Muriel dovrebbe avere la possibilità di scegliere. Forse dovremmo semplicemente aspettare, e vedere se è davvero come Brenna e me. Magari non ha la stessa magia che serve per legarsi ad un compagno.»

«Non puoi saperlo.»

«Lei non è mai entrata in calore, come invece ho fatto io», insistette Sabine.

«Tu eri un frutto appena maturato, pronto ad essere colto da noi. Maddox ti è stato dietro per tante Lune, a godersi il tuo odore.»

«A torturarmi con il suo odore», mormorò invece Maddox.

«Il punto è», Sabine sembrava addolorata. «Muriel potrebbe non essere in grado di formare un legame come il nostro, come quello che ha creato anche Brenna. Dovremmo aspettare, e assicurarci che abbia le nostre stesse abilità.»

Ci fu una lunga pausa, quasi come se gli Alpha stessero davvero considerando quella possibilità.

«No», rispose infine Ragnvald. «Non c'è tempo.»

«Andrà tutto bene, Sabine.»

«Non è giusto», disse la voce sconfitta di mia sorella. «Dovrebbe stare con qualcuno che ama.»

«Magari, con il tempo, imparerà ad amare il guerriero che vincerà la sua mano. Dopo tutto, sono successe cose più strane. Io mi ricordo di una certa giovane donna a cui piaceva vagare lontana da casa di notte, che è stata presa da guerrieri Berserker. E che si è innamorata perdutamente di loro.»

«Ti piacerebbe, lupetto», disse Sabine, ma il suo tono di voce era caldo. Ci fu una pausa, un silenzio pieno di rumori sottili e passionali che cercai in tutti i modi di non ascoltare. Quando alla fine mi giunse all'orecchio un gemito basso, mi girai dall'altro lato e portai le coperte sopra le orecchie. Per quanto fossi preoccupata, mi ritrovai comunque a sorridere nel buio.

«MURIEL, POTRESTI AIUTARMI A DIVIDERE QUESTE ERBE?» mi chiamò Sabine, distogliendo i miei occhi dal fuoco dentro il camino. La mia piccola borsa era piena e pronta per il viaggio.

«Non so cosa portare», sussurrò mia sorella oltre il grande tavolo. Dall'ultima nostra chiacchierata di fronte al camino, il suo umore era parecchio imprevedibile, come se fosse lei quella che stava per andare in pasto ad un Berserker qualunque. Dopo una discussione parecchio accesa, Sabine ordinò ai suoi due Alpha di uscire di casa, e si rifiutò tassativamente di farli rientrare. Per mia sorpresa, li trovai ad obbedire a quegli ordini, e li sentii mormorare che sarebbero tornati in tempo per partire per i Giochi.

I Giochi... avevo passato due giorni cercando di non pensare troppo al destino che mi attendeva, eppure i miei pensieri non facevano altro che girare in tondo per tornare proprio lì, a rivivere la conversazione avuta con Ragnvald e ad immaginare come sarebbero stati questi fatidici Giochi. Qualche guerriero avrebbe vinto? Nei miei sogni, ovviamente, vedevo soltanto Fergus sul podio, con i suoi capelli rossi e i suoi occhi brillanti, che si avvicinava a reclamare il suo premio.

«A cosa stai pensando?», chiese Sabine.

Io scrollai le spalle, chinandomi sul tavolo, giocherellando con alcuni steli di angelica essiccati. Sabine coprì le mie mani con le sue.

«Muriel, i miei poteri stanno ancora crescendo. Ma se tu desideri scappare adesso», abbassò la voce ancora di più, «posso chiedere aiuto alla strega Yseult. I suoi poteri sono molto più grandi dei miei. Potrebbe aiutarti a scappare.»

Io le rivolsi un sorriso triste. «E dove mai potrei andare?»

«Dovunque, lontano da qui. La strega sarebbe in grado di nasconderti per un po' di tempo.»

Per un momento lasciai che l'idea prendesse forma nella mia mente, immaginando Fergus insieme a me. Avremmo potuto costruire una piccola cabine in un angolo remoto dell'isola, magari vicino il mare.

Ma quel mio sogno stupido durò solo pochi secondi. Non c'era nessun angolo nella Terra che avrebbe potuto nascondermi da quei guerrieri. Quando andavano a caccia, riuscivano a prendere le proprie prede a mani nude; se fossi stata io, la preda, sarei stata ancora più semplice da catturare. E poi, non avrei mai permesso a Fergus di mettersi in pericolo. Più che catturarmi, loro avrebbero amato l'idea di farlo a mezzi.

Non c'era niente e nessuno potente abbastanza da fermare quei Berserker dal prendersi tutto ciò che volevano. E loro volevano *me*.

Scossi la testa. «Se lo faccio, spezzo la tregua, e non posso farlo. Starò bene, Sabine. Non mi faranno del male.» Mi ritrovai a pregare silenziosamente di avere ragione. «Posso svolgere il mio compito. È ciò che il Clan ha bisogno.»

«Che sia dannato il Clan! Vorrei che la Dea gettassi tutti questi dannati Berserker nell'oceano.»

«No, non è vero. Ti mancherebbero troppo. Almeno... due di loro.»

«Non voglio che sacrifichi la tua vita.»

«Tu l'hai fatto. Cambieresti il tuo destino?»

«No.» Sabine si morse un labbro. «Ma, Muriel, ricordati che il tuo destino va ben oltre un semplice compito. Tu meriti di avere accanto qualcuno che ami. Ti promisi, una volta, che ti avrei aiutata a sposarti come si deve. Ricordi?»

«Mi ricordo», dissi, incapace di tenere la tristezza fuori dal mio tono di voce. Sapevo che mi stavo comportando da egoista.

Le mie sorelle, Sabine e Brenna, erano state prese contro la loro volontà per diventare compagne dei Berserker. E alla fine si erano ritrovate ad amarli.

Io sarei riuscita ad essere forte come loro?

2

Il giorno dopo, guerrieri Berserker vennero a prendermi per portarmi dove tenevano solitamente i loro Giochi.Facevano parte del Clan Highland. Mi guardai intorno per trovare Fergus, ma non era insieme a loro. Ragnvald e Maddox sarebbero venuti per rappresentare il loro Clan, e dovunque loro andassero, la loro compagna li seguiva, quindi anche Sabine sarebbe stata presente. Dopo i Giochi, avrebbe avuto un po' di tempo per andare a salutare Brenna e la sua nuova famiglia, e sollevare Fleur dai suoi incarichi ormai infantili.

Immaginavo che anch'io avrei potuto aiutare, se il mio nuovo compagno l'avrebbe permesso. I miei pensieri tornarono immediatamente a Fergus. A lui piacevano i bambini? Si sarebbe occupato di loro se io fossi morta di parto? Mia sorella era riuscita a sopravvivere ad un parto davvero difficile, ma Sabine mi aveva detto che Brenna aveva la magia dalla sua parte. Io non ho nessun potere. Quella mia mancanza mi avrebbe resa una compagna inferiore? Il Berserker che avrebbe vinto i giochi ne sarebbe rimasto deluso, mettendomi da parte? Il mio non avere magia dentro di me avrebbe messo in pericolo la pace che regnava tra i Clan?

Il mio stomaco si contorse immediatamente al pensiero, e troppo presa dai miei pensieri non mi accorsi di aver messo il piede sull'orlo del mio stesso vestito. Io barcollai.

«Attenta», disse uno dei Berserker, allungando la mano verso di me come per fermare la mia caduta, ma non toccandomi neanche.

«Va tutto bene?» mi chiese Sabine, e i suoi compagni guardarono indietro verso di me.

Io alzai il mio vestito così da non inciamparci più. «Tutto bene» risposi, e riuscii a cacciare fuori un sorriso. Dopo una piccola pausa, Ragnvald diede l'ordine di ripartire.

Camminando all'ombra delle due figure imponenti che erano i due guerrieri di fronte a me, decisi tra me e me di smetterla di pensare alla vita che mi attendeva alla fine dei Giochi. Avrei preso quel viaggio un piccolo passo alla volta.

Eravamo diretti al Palazzo di Roccia, a metà tra la casa dei Lowland e la casa degli Highland. Il viaggio sarebbe stato più veloce con dei cavalli, ma nessun animale sembrava sopportare di stare vicino ai Berserker. Sarebbe stato anche più veloce dei cavalli se i Berserker avessero semplicemente portato sia me che Sabine, considerate la loro forza sovrannaturale e la loro velocità. Ma non potevano fare neanche quello, perché io non avevo ancora un compagno, e il mio essere toccata da un altro lupo avrebbe offeso tutti gli altri... o così mi aveva spiegato Ragnvald.

La giornata era bella ed eravamo in perfetto orario, perciò quando Sabine propose di fermarci per il pranzo, entrambi gli Alpha non trovarono niente da obiettare. Tutti e tre insieme si allontanarono, lasciandomi ferma tra le mie due guardie d'onore. Mentre i guerrieri si passavano pezzi di carne, io mi avvicinai leggermente al torrente. Quegli uomini si stavano comportando nel migliore dei modi, ma io continuavo a sentire il bisogno di tenermi lontana mentre aspettavamo che Sabine finisse con i suoi due amanti. Mi ero ormai abituata a vederli sparire così di punto in bianco, e non riuscivo a fargliene una colpa. Ragnvald e Maddox avevano quasi perso il senno nella lunga ricerca di una compagna, colei che poteva calmare la Bestia dentro di loro e dargli finalmente un po' di serenità. Avevano bisogno di *sentire* Sabine come avevano bisogno di mangiare, di bere... di respirare. E mia sorella era felice di accontentarli. Quando le capitava di lamentarsi della loro possessività, lo faceva sempre con un sorriso.

Le mie sorelle erano accoppiate con dei Berserker ed erano felici. Forse sarei stata fortunata a quel modo anch'io.

Trovai una roccia comoda vicino all'acqua e mi sedetti, studiando il mio riflesso. Pelle non scura e neanche pallida, ma abbronzata, con leggere lentiggini. Lunghi capelli né biondi né neri, ma un normale castano chiaro. Non ero bassa come Sabine, né alta come Brenna. Non c'era niente di straordinario nel modo in cui apparivo, o nella mia persona. Sabine era intelligente, e Brenna era coraggiosa. Io non ero nessuna delle due cose.

La mia mano schiaffeggiò l'acqua, rovinando il mio riflesso. Almeno un guerriero dai capelli rossi mi considerava bellissima. Era bello, forte, coraggioso... e voleva me.

«Fergus», sussurrai, toccandomi i capelli dove avevo poggiato uno dei suoi fiori bianchi. «Se avessi anche solo un briciolo di magia dentro di me, la userei per legarci insieme in questo istante.»

«La nostra compagnia è così fastidiosa che preferisci parlare a te stessa nel tuo riflesso?» mi chiese uno dei guerrieri, avvicinandosi a me. Lo avevo già visto, una volta— aveva un bell'aspetto, ma un sorrisetto per niente carino sempre sulla sua faccia, e mi guardava in un modo che mi metteva costantemente a disagio.

«So cosa ti ci vuole. Facci divertire. Facci avere un nostro piccolo torneo. Qualsiasi uomo qui può sfidarmi.»

Io mi alzai, allontanandomi dal guerriero con la scusa di voler cercare alcune bacche per il mio pranzo. Se fossi stata fortunata, avrei evitato attenzioni non volute.

Il guerriero dai capelli biondi era in testa alla truppa. Nessuno degli altri sembrava guardarlo negli occhi: questo significava che doveva essere il bulletto a capo del piccolo branco. «Beh, andiamo, su. Nessuno vuole sfidarmi? Chiunque vince si prende un bacio dal premio!»

Nel momento stesso in cui sentii le sue parole, il mio corpo si tese. Potevo non essere nient'altro che un premio, per quegli uomini, ma i miei baci erano soltanto miei da dare. E quell'uomo non aveva nessun diritto di prenderseli.

«Il vincitore si prenderà proprio un bel niente da me», scattai. «Non sono una prostituta che si guadagna da vivere nei vostri letti.»

Il guerriero si girò e cominciò a camminare verso di me, e in quel momento capii di aver commesso un errore. Continuò a farsi più vicino, intenzionato a tormentarmi.

«No? È un peccato. Sarebbe stato meglio per il Clan se lo fossi stata. Forse potrei suggerirlo quando ci ritroveremo tutti insieme. Potremmo semplicemente passarti tra di noi e goderci il tuo corpo. Perché mai dovrebbe prenderti soltanto un uomo, quando possiamo averti tutti?»

I miei nervi si tesero immediatamente, per le sue parole e la sua vicinanza, ma mantenni la testa alta. «Il mio destino è già stato scelto.»

«È un gran peccato. Ci saremmo potuti divertire tutti quanti.» Si avvicinò ancora, fin troppo vicino. Ogni singola fibra del mio corpo mi implorava di scappare. Strinsi i pugni ai miei fianchi, e mi forzai di non guardarlo negli occhi, o di ribattere, o di fare qualsiasi cosa che potesse farlo continuare.

Ma non riuscii a fermare la mia lingua lunga. «Dubito fortemente che io mi divertirei.»

La sua voce divenne più bassa, più seducente. Ma su di me fece solo un effetto spaventoso. «Sarà un immenso piacere, per me, dimostrarti quanto hai torto.»

«Solo se sarai tu a vincere i Giochi.» Dentro di me tremai al pensiero di essere lasciata tra le mani di un bruto simile.

Quando cominciai a farmi indietro, la sua mano immediatamente catturò la mia manica, e lui fece un ringhio basso.

«Siebold», chiamò una voce profonda prima che io potessi fare qualsiasi cosa. «Prendi due lupi e andate a fare la guardia più avanti.»

Il bulletto sembrò pietrificarsi. «Ma—»

«Adesso, Siebold.» Persino io riuscii a sentire il bisogno di obbedire a quell'ordine. I Berserker seguivano gli Alpha, era così che funzionava, e un lupo più dominante aveva potere sopra quello più debole. Chiunque fosse quel Siebold, forse poteva avere il controllo su alcuni guerrieri... ma non *tutti*.

Il biondo si allontanò, e il mio salvatore si fece più vicino. Senza neanche pensarci, guardai su... e sempre più su. Quell'uomo era enorme. Alto e muscoloso, torreggiava su di me così tanto che per poco bloccava il Sole. Le sue gambe erano alte quanto alberi; le sue braccia e le sue spalle a malapena riuscivano a stare in quella casacca di pelle che aveva addosso. Non era bello—una lunga cicatrice gli solcava il viso, e la barba grigia sul suo mento era lo stesso colore della sua testa rasata—ma era forte, potente. Qualcuno da non sottovalutare.

All'ultimo momento, abbassai lo sguardo.

«Tutti gli altri voi, allontanatevi. Formate un perimetro», ordinò il gigante, e il resto della mia scorta obbedì. Lui rimase lì, il mio unico protettore.

Lentamente, il mio corpo sembrò riuscire a rilassarsi. Presi un po' di bacche dai cespugli a me vicini, il grande guerriero a torreggiare accanto a me.

«Faresti meglio a mangiare più di semplici bacche, piccolina.» Mi offrì un pezzo di carne essiccata.

«Grazie, signore», accettai, facendo attenzione a non sfiorare le sue dita. Avevo poca fame ultimamente, ma nel momento stesso in cui presi il pezzo di carne, sembrò ritornare. Quando finii di mangiare, staccai il corno che avevo attaccato alla mia cintura e lo riempii con dell'acqua presa dal ruscello. Il guerriero gigante restò al mio fianco, a farmi la guardia. Io offrii l'acqua appena presa a lui, prima di berla. Si fermò un attimo, poi la accettò.

«Fai attenzione, Muriel. Condividere qualcosa da bere con un guerriero significa più per lui di quanto potrebbe significare per te.» Al mio sguardo confuso, lui cominciò a spiegare. «Tempo fa, quando una donna si avvicinava ad un uomo con un corno, significava che lo aveva scelto come compagno per la notte. Ricordiamo ancora alcune di quelle regole, dagli anni in cui eravamo solo uomini.»

«Presterò più attenzione, signore.» Non alzai gli occhi da un punto indefinito sul suo petto. Le regole dei Clan non permettevano ai membri più deboli di guardare negli occhi quelli più forti. Era una mancanza di rispetto, e farlo poteva sfociare in una battaglia che si concludeva solo con la morte. In molti Clan, le donne che non erano in grado di combattere venivano punite per aver anche solo provato ad avanzare di grado. Ed essendo una donna e un'umana, io ero molto più debole di chiunque altro, e quest'uomo era non solo due volte più alto e tre volte più grosso di me, ma anche il guerriero più potente che io avessi visto fino a quel momento tra tutti i Berserker. Avrebbe potuto schiacciarmi nel giro di un secondo, eppure per qualche motivo mi sentivo protetta sotto la sua ala, al contrario di come mi sentivo con Siebold e molti degli altri guerrieri.

«Guardami, piccolina», disse. Nervosa, obbedii quasi nel momento stesso in cui mi diede il comando. La cicatrice nella sua faccia gli dava un aspetto spaventoso, eppure quegli occhi grigi erano gentili.

«Pensavo...» Mi leccai le labbra, cercando di ritrovare la mia voce. «Mi è stato detto che non dovrei guardare nessun lupo negli occhi», gli dissi.

«Ed è saggio seguire quella regola con attenzione, ma non con me. Con me non ce n'è bisogno. Il mio lupo non ti percepisce come una minaccia.»

Per qualche motivo a me sconosciuto, quella sua confessione sembrava essere importante.

«Grazie, signore», dissi, cercando di essere educata.

Occhi grigi sorrise.

«Sei molto coraggiosa. È stato bello, il modo in cui ti sei difesa contro Siebold.»

Strinsi le labbra. «È un bullo.»

«Sì, è vero. Ed un parecchio pericoloso. Devi fare attenzione a non istigarlo, a meno che io non sia nei paraggi.»

«Non sono mai stata brava a tenere a bada la lingua.»

«Ho sentito, ho sentito. Sei stata molto coraggiosa, quando i Berserker ti hanno catturata. Trovare il coraggio di fare richieste per salvare la vita di tua sorella, dettando ordini sul Clan Lowland anche da prigioniera.»

Sbattei le palpebre. «Sapete di quella volta?»

«Ogni singolo lupo lo sa.» Alzando un braccio, Occhi Grigi portò una ciocca dei miei capelli dietro l'orecchio. Io mi allontanai, il mio cuore in tumulto. Quel guerriero mi sovrastava sotto qualsiasi punto di vista. Le sue mani avrebbero potuto coprire il mio intero bacino, ma quando le sue dita trovarono quella piccola ciocca di capelli sfuggita alle mie trecce, il suo tocco mi risultò tremendamente gentile.

«Mio signore—», protestai, prendendo la ciocca dalle sue dita. Il calore si propagò per il mio corpo, come se avesse toccato la mia pelle, e ancora una volta il mio sguardo cadde sul suo petto. Con le guance così rosse, non riuscivo a sopportare l'idea di guardarlo negli occhi.

«Wulfgar», mi disse, e sembrava divertito.

«Mio signore Wulfgar, non dovreste toccarmi. Porterebbe disonore all'uomo che vincerà la mia mano.»

Un lato delle sue labbra si incurvò verso l'alto, a formare un piccolo sorriso. «Ah, è così, piccolina? Allora farò meglio a vincere.»

IL GIORNO dei Giochi era luminoso e soleggiato, ma dentro di me c'era la tempesta.

Sabine mi aveva aiutato a fare il bagno, la notte prime. Aveva usato degli oli per rendere la mia pelle e i miei capelli più soffici, ed erbe come profumo. Una o due volte mi era sembrata sul punto di dirmi qualcosa che andasse oltre il tipo di vestito che avrei dovuto indossare, o che tipo di fiori avrei dovuto avere tra i miei capelli, ma l'avevo attentamente distratta con chiacchiere più leggere. Non riuscivo a sopportare anche solo l'idea di sentirle chiedermi come stessi, principalmente perché non ero certa che sarei riuscita a trattenere le mie lacrime, o che sarei riuscita a non pregarla di farmi scappare via, pur sapendo fosse una cosa stupida.

Mi ritrovai a sedere con Sabine e i quattro Alpha in una

roccia gigante che serviva come panchina per guardare i Giochi. Brenna e Fleur non erano con noi; non sarebbero venuto. Brenna doveva restare a casa con i suoi piccoli gemelli, mentre Fleur si stava ancora riprendendo dalla sua recente febbre. Per un attimo mi ritrovai ad invidiare la malattia di mia sorella, seduta in tensione e dinanzi agli occhi di tutti quelli che volevano vincermi come premio. Grugniti e gemiti mi giungevano dal campo mentre i Berserker correvano e si scontravano l'uno contro l'altro seguendo delle regole e degli schemi che non riuscivo a comprendere.

Normalmente mi sarei goduta la giornata di sole e il mio essere fuori all'aria aperta, ma avevo passato la maggior parte della mia giornata a guardare le mie mani, o la distesa di fiori selvatici che delineavano il campo. Avevo ancora i fiori che Fergus mi aveva dato quel giorno accanto al torrente.

Ragnvald si sporse verso di me. «Dovresti guardarli, Muriel. Si stanno battendo per il tuo onore.»

Come un bravo soldatino, alzai gli occhi, e nel momento stesso in cui lo feci loro trovarono l'unica persona che consideravano interessante. Con i suoi capelli rossi, Fergus era sempre molto semplice da individuare—e oltre quello, aveva attorno al braccio il nastro verde che gli avevo donato. Correva in forma umana, accanto a tutti gli altri. Il più piccolo tra quegli uomini così alti, sembrava un ragazzo in mezzo a uomini adulti.

Le mie dita si attaccarono alle gonne mentre guardavo Fergus scansare e farsi largo tra uomini più grandi di lui. Per un momento uscì fuori dal cerchio per afferrare un pezzo di carne appallottolata. I guerrieri presero a correre verso di lui, braccandolo proprio nel momento in cui lui tirava la palla ad un altro concorrente.

«Sai le regole di questo gioco?» mi chiese uno degli Alpha accoppiati a Brenna, seduto accanto a me.

«No, mio signore.»

«Chiamami Daegan, sorellina» ridacchiò, ed io riuscii a vedere i suoi canini lunghi. Anche in forma umana, i Berserker mantenevano i loro denti appuntiti, come quelli di un lupo, e si muovevano con grazia da predatori.

«In questo momento competono in due squadre. La squadra che porta la palla in quella cavità infondo—», indicò una pilla rete tra due alberi, «fa un punto.»

I guerrieri erano adesso in linea uno accanto all'altro. Maddox aveva lasciato il nostro posto per controllare meglio i giochi. Ad un suo urlo di incoraggiamento seguito da un fischio, le due linee di Berserker cominciarono a correre l'una contro l'altra.

Abbassai lo sguardo, rabbrividendo ai rumori che giungevano dal campo.

«Non viene sparso sangue in questo momento», continuò Daegan. «Qualsiasi giocatore che viene scoperto con un'arma sleale, una zanna o un dente viene squalificato.»

Forzai me stessa a riportare gli occhi sul campo. Le spose Berserker non potevano avere paura. Ancora e ancora quella linea di guerrieri veniva formata e distrutta, e gli uomini si davano contro.

«Come verrà scelto il vincitore?» chiesi, tenendo d'occhio un certo uomo dai capelli rossi che stava combattendo in un angolo.

«Non è questo il gioco che deciderà chi sarà il tuo futuro marito. La squadra vincitrice avanzerà nel torneo, alla sfida successiva, mentre quella che perde non lo farà. Ecco perché stanno combattendo con questa ferocia.»

Sul campo, uno dei guerrieri colpì duramente quello che

teneva la palla. Mentre l'uomo cadeva a terra, la palla si librò in aria. Fergus prese a correre mentre era al tappeto, e quasi sembrava volare mentre si protendeva per afferrarla. Quando atterrò nuovamente, un gruppo appartenente alla squadra avversaria lo stava già aspettando. Presero a colpire il ragazzo dai capelli rossi, che sparì tra la calca di gente su di lui, intenta a schiacciare chiunque tenesse la palla. Il terriccio si alzò nel vento; i corpi sparirono, ammassati l'uno sull'altro rendendo impossibile capire chi fosse chi.

A corto di fiato, mi alzai in piedi. Avrebbe mai potuto Fergus, o qualsiasi altro guerriero, sopravvivere sotto il peso di tutti quei Berserker? Il mio stomaco era sottosopra, ma non riuscivo a distogliere lo sguardo.

Maddox si avvicinò al bordo, ondeggiando le mani e urlando. Un grandissimo ruggito si levò dal campo, e vidi sangue schizzare nel terreno.

«Omicidio», mormorò Daegan. «Qualche guerriero ha lasciato uscire la Bestia. È meglio se vado ad aiutare Maddox.» Alzandosi dalla posizione che aveva adottato accanto a me, si allontanò da me per correre verso il campo che si era trasformato in un ring sanguinoso. Senza esitazioni, lui e Maddox si buttarono in mezzo alla folla, afferrando i Berserker e portandoli fuori dalla rissa. Alcuni di loro avevano in quel momento l'aspetto di mostri, con le punta delle dita a mostrare artigli appuntiti e i muscoli coperti di pelo. L'aria era stagna di magia, e i peli delle mie braccia si rizzarono immediatamente.

«Muriel», mi chiamò Sabine, una mano sul mio braccio. «Va tutto bene. Se ne occuperanno gli Alpha. Non devi guardare se non vuoi.»

«*Devo*», sussurrai. Uno di quegli uomini sarebbe diventato mio marito. Avevo pensato così tanto all'idea di sposare Fergus, che avevo dimenticato che sarei stata la moglie di un

Berserker. Un guerriero brutale, con una forza che equiva-
leva a quella di cento uomini, e rabbia costante a bruciare
nel suo petto. Ed io, l'unica cosa che poteva far calmare
quella ferocia; o così diceva la profezia.

Quello strano venticello pieno di magia che ci aveva
avvolti cominciò a svanire mentre gli Alpha facevano il loro
lavoro. Nel campo il nodo pieno di guerrieri cominciò a
slegarsi, e la metà dei giocatori si fece da parte. Il mio cuore
sembrò prendere a battere un'altra volta quando vidi Fergus
uscire fuori da lì insieme agli altri. Corse dal lato in cui si
stavano allineando i suoi compagni di squadra; e quando
furono insieme tirarono in aria i pugni, e applaudirono.

«È finita», disse Ragnvald. «La squadra che ha tenuto la
palla e, soprattutto, la Bestia sotto controllo ha vinto. Quelli
che si sono lasciati andare alla Bestia sono squalificati.»

La squadra di Fergus lo prese in braccio. Le urla di
trionfo che si levarono dalla squadra sembrarono in grado
di scuotere le montagne.

Io mi sedetti più comoda nel mio posto, sollevata, e
portai una mano sul mio stomaco. I nervi mi avevano impe-
dito di mangiare in quei giorni, ma in quel momento sentivo
lo stomaco lamentarsi per la fame. Se non fossi stata attenta,
mi sarei dimostrata debole come Fleur, mia sorella gemella,
e avrei messo in pericolo gli interi Giochi. Sabine avrebbe
insistito con i suoi Alpha per far cancellare i giochi, se mi
fossi sentita male. Quei Berserker avevano aspettato così a
lungo l'opportunità di trovare una moglie. Farli aspettare
ancora sarebbe stato potenzialmente deleterio per la pace
tra i due Clan.

No, dovevo essere forte. Se il mio futuro marito poteva
trionfare su questi giochi così difficili, io potevo riuscire a
guardarli.

La paura però si fece di nuovo strada dentro di me

quando il campo venne sgomberato per far largo alla prossima sfida. Maddox lasciò Daegan a controllare i giocatori, e tornò da noi. C'era del sangue a scolare sul suo petto scolpito, ma non riuscivo a capire se fosse il suo o quello di qualcun altro.

Sabine si alzò immediatamente, quasi pronta a saltare dal nostro posto per arrivare al campo e raggiungerlo.

«Ferma lì, piccola strega», le disse lui. «È solo una piccola ferita.» Con un movimento veloce, lui era di nuovo lì accanto a lei. Ignorando la polvere sulle sue spalle, lei si avvicinò a lui ed esaminò la ferita.

«Come ti sembrano i giochi finora, Muriel?» chiese Maddox. I miei occhi notarono la piccola lacrima sul suo collo lasciata da Sabine, che continuava a guardare la ferita anche mentre guariva rapidamente.

La puzza di sangue e sudore, e la magia dei Berserker nell'aria mi presero tutto d'un tratto, ed io mi trovai costretta a voltare la testa e prendere una boccata d'aria fresca.

«Muriel?»

«Chiedo perdono», sussurrai, indicando poi il Sole. «Il calore del giorno è un po' troppo.»

«Ragnvald, forse potresti portare Muriel a fare una passeggiata lontani dal Sole», suggerì Sabine. «Non è l'unico campo, questo, che è stato designato per i giochi.»

«Ma gli altri servono per fare pratica», disse Maddox. «I guerrieri vogliono Muriel qui, così che lei possa vederli combattere.»

«Non mancherà per molto tempo. Ed io resterò qui con te nel nostro posto, così che quando i guerrieri guarderanno verso di noi, vedranno comunque una donna. Sono così accecati dal desiderio che non riescono a distinguere una donna dall'altra. E, certamente, non due sorelle.»

«Ma dovrebbero», ringhiò Maddox, prendendo Sabine e

schiacciandola contro il suo corpo. «Perché non ho paura ad uccidere il lupo che proverà a toccare la mia donna.»

Sabine schioccò la lingua come a lamentarsi di quella possessività, ma era chiaro che ne fosse invece contenta.

«Vieni, allora, sorellina», disse Ragnvald. Camminammo allora da un campo all'altro, passando tra guerrieri intenti ad esercitarsi per il loro turno nei Giochi. Mi coprii i capelli con la sciarpa, e tenni gli occhi bassi per non attirare l'attenzione su di me, ma fu inutile.

Durante il nostro passaggio, tantissimi di quei guerrieri si girarono a guardarmi così intensamente che, anche se non potevo vederminon avevo dubbi, le mie guance si erano fatte rosse come il fuoco.

«I lupi sono desiderosi di mettersi in gioco per vincere la tua mano.» Ragnvald fece un gesto con la sua, facendomi cenno di andare davanti a lui. Poi si mise accanto a me, e ci fece strada tra i Berserker.

C'erano diverse tipologie di giochi. Alcuni dovevano correre tra ostacoli in forma da lupo. Altri dovevano scalare delle rocce senza nessuna corda e nessun aiuto, niente sul terreno sottostante che potesse attutire il colpo di una loro possibile caduta.

Girammo tra un campo all'altro, e d'un tratto un rumore simile ad un fulmine che squarcia il Cielo mi riempì le orecchie. Quando mi girai, trovai guerrieri intenti ad alzare macigni da terra per poi gettarli con tutta la loro forza più lontano che potevano. Ad ogni singolo tiro applaudivano ed urlavano con gli altri, come ragazzini che giocano a tirare le pietre. Con l'unica differenza che quelle, di pietre, erano il doppio di loro.

In un altro campo, due Berserker stavano facendo una lotta tra di loro su una grossa pietra, i loro muscoli tesi per lo sforzo, e il sudore a scendere sui loro petti ampi e muscolosi.

«L'intento è quello di gettare l'uno o l'altro fuori dalla roccia. Lo fai tre volte, e vinci.»

Mentre guardavo, uno dei due guerrieri strinse i denti e poi fece un verso simile ad un morso, quasi come stesse minacciando di mordere l'avversario. I suoi artigli comincia-rono a farsi più grandi dalla punta delle sue dita. Poi ci fu sangue, e l'avversario ringhiò.

«Perché non li fermi?» chiese Ragnvald, all'uomo fermo di fronte a loro a guardarli. «Ferire gli avversari con la Bestia è contro le regole. Quell'uomo sta barando.»

«Si stanno solo esercitando» disse l'uomo di guardia, scrollando le spalle.

Alcuni degli spettatori cercarono di guardarmi negli occhi, così mi assicurai di tenere i miei ben fissi sui due combattenti.

Presi un respiro profondo. Come avrebbe fatto Fergus a sopravvivere a tutto questo?

«Chiunque sia il guerriero, se lascia alla Bestia prendere il sopravvento, viene immediatamente squalificato. Parte dei giochi consiste nel provare il proprio autocontrollo. Non ci farebbe nessun favore, premiare un guerriero con una delle poche donne in grado di calmarci, se lui si dimostra essere troppo schiavo della propria Bestia per poter essere salvato.»

Riuscii a leggere il velato messaggio dietro le sue parole: un Berserker che non poteva controllare la sua Bestia non poteva essere premiato con una moglie perché non ci si poteva fidare di lui. Se la Bestia si liberasse, io non sopravvi-vere neanche alla prima notte.

«La battaglia finale sarà uno scontro corpo a corpo tra due soli guerrieri», continuò Ragnvald. «Senza armi, a mani nude. In quel caso, la Bestia può fuoriuscire senza essere contro le regole. Chiunque vince, si prende tutto.»

Chiunque vince, si prende me, intendeva. In quei miei

diciotto anni, non avrei mai pensato che la mia vita sarebbe stata così. Che tutto quello che avevo fatto da quando ero nata mi avrebbe portata a questo punto, a camminare in giro per un torneo il cui vincitore mi avrebbe vinta come fossi un premio. Mi aspettavo di vivere la mia vita in un villaggio, sposata con un contadino. Uno che mi amasse, senza aver bisogno di me come fosse un uomo morente alla ricerca di una cura.

Con una mano sul mio gomito, Ragnvald mi fece strada per tornare nella nostra piccola predella da cui vedevamo i giochi. «Non esserne sorpresa, se dovessi vedere il tuo futuro marito sovrastare il suo avversario in maniera brutale. Questi Giochi servono molto a mostrare chi è il dominatore, chi detiene il potere.» Sembrava quasi stesse parlando di una caccia che di un semplice gioco, ma io compresi lo stesso le sue parole, e il velato avvertimento dietro le sue parole. Dall'ultimo scontro dovevo aspettarmi un combattimento a morte.

Guardai ed ascoltai gli Alpha spiegare i giochi meglio che potessero, ma non c'era niente nel loro tono di voce o nelle loro parole che mi rassicurasse abbastanza da impedirmi di stringere le mani l'una con l'altra. Fergus aveva vinto uno dei giochi, ed era riuscito a qualificarsi in una buona posizione in un gioco assolutamente ridicolo che prevedeva strappare un albero dalle sue radici e poi tirarlo come fosse una lancia su un obiettivo dipinto su una pietra. Era andato benissimo nei giochi di squadra, la sua velocità un asso nella manica per i suoi compagni, e motivo di gelosia per gli avversari. Trattenni il respiro quando lo vidi correre da un lato all'altro del campo, calciando una palla. I

Berserker cercarono di fermarlo, sbattendo gli uni contro gli altri.

Per un momento mi ritrovai a sperare che il mio guerriero dai capelli rossi potesse sconfiggere tutti quanti e vincere, ma le cose si fecero disastrose verso la metà del gioco di squadra. Alcuni avversari si presero l'obiettivo di prendere Fergus come target e farlo andare giù. E ci riuscirono, colpirono e colpirono fino a quando lui non andò a terra. Era vicino alla porta, e stava scansando tutti, e all'ultimo minuto riuscì a tirare la palla e, trionfante, a fare goal.

Ma nell'impeto del momento non vide il suo aggressore arrivare da dietro di lui, fino a quando non lo colpì con un masso. Il busto e la testa di Fergus fecero un giro, la palla si staccò dalle sue mani. L'ultima cosa che so è che mi accasciai sulle ginocchia. L'aggressore di Fergus se ne andò immediatamente, lasciandolo a marcire sul campo.

«Ha barato», mormorò Ragnvald. «E non conta. Il goal era già stato fatto.»

«Lo stanno penalizzando per quello che ha fatto», disse Maddox. «Anche se questo non aiuterà il piccolo lupo.»

«Fergus. Il suo nome è Fergus» disse Daegan, indicando il guerriero a terra. «Va tutto bene, Muriel. Adesso si trasformerà in lupo per riprendersi più in fretta.»

«Starà bene?» La coda rossa con una punta di bianco sparì dentro la foresta. Inclinai la testa più che potevo, ma non riuscii a vederlo andare via.

«Stara bene. I Berserker riescono a sopravvivere alla maggior parte delle ferite.

«Tornerà in campo?» chiesi, ma sapevo già la risposta.

«No», disse Maddox dopo una pausa. «È squalificato.»

Mi costrinsi ad annuire, poi mi rimisi a sedere per continuare a guardare il gioco, nonostante vedessi a malapena l'azione.

Sabine continuava a mandare occhiate preoccupate verso di me.

Il campo continuava a farsi più sfocato di tanto in tanto, ma io mantenni il silenzio, e finsi che a farlo risultare così sfocato fosse il Sole che mi arrivava dritto negli occhi.

Alla fine, solo due guerrieri rimasero in campo. Presero il loro posto uno di fronte all'altro. E con un brivido mi resi conto che entrambi mi erano familiari: Siebold, il bullo dai capelli biondi che mi aveva molestata durante il viaggio... e Wulfgar, il gigante con la faccia scheggiata che era rimasto a proteggermi.

«Chi sono quei lupi?», chiese Sabine. Si era spostata per sedere più vicina a me. Ragnvald era invece accanto a lei, e Maddox stava ai piedi della predella, pronto a correre sul campo se fosse successo qualcosa.

«Il gigante con la cicatrice si chiama Wulfgar. È arrivato dalla Norvegia con il resto del branco», disse Ragnvald.

«Conosco Wulfgar. È un bravo guerriero», disse Maddox. «Probabilmente il miglior combattente all'interno del branco. Lo chiamano l'Esecutore.»

«Perché?» chiese Sabine, i suoi occhi ancora fissi sul guerriero con la testa rasata.

«Perché quando gli Alpha di Highland hanno bisogno di riportare ordine nel branco, chiamano lui. È bravo ad uccidere i lupi.»

«L'unica cosa in grado di uccidere un Berserker è un altro Berserker», mormorò Ragnvald.

«Capisco...» disse Sabine a denti stretti, guardandomi. «E l'altro chi è?»

«L'altro si chiama Siebold. Lui...» Maddox fece una brutta faccia, scuotendo la testa.

Fu Ragnvald a parlare al suo posto. «Preghiamo che sia Wulfgar a vincere.»

Ed io ero troppo ansiosa per poter dire che avevo cominciato a pregare già da tempo per quello stesso risultato. Daegan alzò un piccolo pezzo di stoffa rossa in aria, poi lo lasciò cadere, segno che il momento di cominciare era arrivato. Il tempo sembrò rallentare, e il battito del mio cuore si fece più forte e più intenso dentro il mio petto mentre guardavo i due rivali camminare in cerchio uno di fronte all'altro. La magia era viva nell'aria, e i due guerrieri non erano più uomini e basta, ma grandi Bestie, i corpi coperti di pelo e grandi zampe piene di artigli.

I due mostri cominciarono a farsi a pezzi. Non sapevo chi fosse chi. Un artiglio colpì la spalla di un guerriero, tagliando la pelle. Il sangue sgorgò sul terreno ed io ebbi un tremito. I guerrieri ulularono.

«Primo sangue, Siebold», disse Maddox.

Dopo quel momento, non mi preoccupai più di guardare. Avrei lasciato che credessero che fossi troppo debole per sopportare la vista. Avevo curato delle ferite prima di quel momento, e avevo aiutato Sabine a riparare un osso spezzato, ma non riuscivo più a sopportare la violenza inaudita e per nulla giustificata di quei giochi. Tutto questo sangue, e soltanto per vincere una mano che io avrei anche dato se solo mi fosse stata fatta la corte per come si deve.

Se non ci fosse stata la pace tra i due Clan in ballo, mi sarei alzata e sarei andata via. Ma dal momento che non potevo, mi concentrai invece sul prendere dei profondi respiri, intimando silenziosamente il mio stomaco di calmarsi.

Tremai quando, d'un tratto, un guerriero alto si inginocchiò di fronte a me. Samuel, un Vichingo, l'Alpha del Clan Highland e uno dei compagni di mia sorella Brenna. Si avvicinò a me, e mi offrì un corno con dell'acqua.

«Non devi farlo per forza», mi disse. Sembrava infelice.

A fianco a me, Sabine mi strinse il braccio.

«Che cosa intendi?», chiese lei per me.

«Quando i giochi saranno finiti, possiamo sempre indire un'altra riunione e provare un'altra volta. Il vincitore si sentirà offeso, certo, ma se ne farà una ragione prima o poi.»

Avevo sentito dire che il compagno di Brenna avesse i suoi momenti di tenerezza.

«E questo porterà alla guerra?» chiesi. La mia voce era roca. «Tra i Clan?»

Lui esitò. «Questi uomini non sono cattivi, non hanno brutte intenzioni. Hanno passato così tanto tempo a combattere contro la loro Bestia, ma la tua presenza e quella delle tue sorelle ha riportato la speranza. E questa speranza potrebbe essere abbastanza per tenerli a bada fino a quando troveremo altre donne in grado di fare ciò che fate voi. Brenna mi ha parlato molto in questi giorni, e mi ha detto che ci sono modi migliori per trovarti un compagno. Ed io credo che lei abbia ragione.»

Lo fissai, chiedendomi perché avesse aspettato fino a quell'esatto momento per dirmelo, per darmi speranza, con i rumori dell'ultimo torneo a riempire l'aria. Forse stava cercando di non sentirsi in colpa dopo?

E che cosa sarebbe successo se avessi deciso di accettare, comunque? Un'altra riunione, un altro torneo, mettere alla prova la pazienza di quegli uomini, o la loro natura feroce? La cosa peggiore che poteva capitare era vederli perdere il controllo, e cosa sarebbe successo se l'avessero perso? Ci sarebbe stata una battaglia? Una guerra? Avrebbero potuto morire in tanti. Fergus avrebbe potuto morire.

«Lo hai sentito, Muriel? Non devi prendere il vincitore come tuo compagno se non lo vuoi», disse Sabine, e sembrava contenta.

In qualche modo trovai la forza di parlare di nuovo. «Sì che devo. Lo sai anche tu.»

«Muriel...» cominciò, ma io la fermai.

«No, sorella. Farò ciò che devo, se non per il branco, almeno per te e Brenna, e per i vostri figli.» Doveva essere mantenuta la pace, ad ogni coso. Anche se a rimetterci sarebbe stato il mio cuore.

Mia sorella non disse nulla.

Samuel mi guardò solennemente.

Sabine mi aveva detto di lui, del Vichingo che era molto più saggio di molti altri Berserker, un leader e un insegnante, e un guerriero temibile. Mi sentii quasi in procinto di rompermi sotto il suo sguardo.

Alla fine si limitò ad annuire, offrendomi un'altra volta il corno, che io presi e dal quale bevvi come se non bevessi da anni. Non era acqua, era alcol, e scivolò lungo la mia gola bruciando per tutto il viaggio.

Un altro ringhio si levò dalla folla. Cercai di non prestare molta attenzione ai gemiti disperati di dolore e al rumore di denti che azzannavano la carne provenienti dal campo.

Strinsi il corno, azzardando un'altra, singola occhiata. La polvere era alta e oscurava le due grandi forme delle Bestie intente a combattere. I fiori sarebbero stati schiacciati tutti, mi resi conto, così come l'erba. Sarebbero stati in grado di ricrescere dopo tale violenza?

Ci fu un alto ringhio, e il rumore di un'ascia che colpisce una spada. Le mie dita si fecero bianche, strette le une alle altre sul corno.

«Abbiamo un vincitore», annunciò Daegan. «Avvicinati, guerriero, e prenditi la tua ricompensa.»

Con la coda dell'occhio vidi Sabine alzarsi accanto a me. La sua bocca si aprì, ed io sapevo che stava per fermare i Giochi per conto mio. E tutto sarebbe andato perduto.

Mi alzai in piedi prima che potesse dire qualsiasi cosa.

«Al vincitore il suo bottino» urlai, alzando il corno in aria. Per mia sorpresa, i Berserker seguirono il mio urlo.

Il mio corpo venne pervaso dai brividi quando li sentii rispondere in unisono, «Al vincitore il suo bottino!»

Ignorando i brividi lungo tutto il mio corpo portati da uno strano vento nell'aria, mi allontanai dalla predella camminando, e sarei caduta se Maddox non fosse stato lì ad aiutarmi a stare in piedi. Una volta in campo quasi persi i nervi, ma guardando un attimo gli Alpha ancora ai loro posti mi resi conto che non avrei mai potuto tornare da loro per cercare protezione. Ero sul campo, ormai, e il mio grido aveva portato fuori una sorta di magia nel branco, trasformando quel momento in un rituale. Non mi azzardai neanche a rompere l'incantesimo, a togliere a questi uomini questo momento di celebrazione che sembrava essere così sacro e importante.

Con il vento alle spalle, mi lasciai portare avanti dai miei stessi piedi. I guerrieri di fronte a me mi fecero spazio per farmi andare avanti. Alcuni erano ancora in forma da lupo, ne ero certa, anche se non mi azzardavo a guardare nessuno di loro mentre continuavo a camminare. L'odore del sangue era forte e fresco tutt'intorno.

Tra la folla di Berserker vidi una forma accartocciata nel terreno, oscurata dalla polvere portata su dalla battaglia. E neanche facendomi più avanti riuscivo a capire chi fosse la figura per terra, tra pelle, ferite e peli. Una mano gigante era ferma per terra ed era l'unica cosa che riuscivo a vedere, con tre grandi artigli ancora fuori. Il quarto era stato spezzato.

Deglutii la bile che salì sulla gola alla vista, e il mio petto si strinse. Il guerriero non era morto, ma quasi. Proprio come Ragnvald mi aveva detto, la sconfitta arrivava a prezzo molto alto.

E poi vidi il vincitore.

Wulfgar era in piedi con la testa inclinata, il petto ad alzarsi ed abbassarsi velocemente. Il suo avversario aveva aperto una ferita che andava dalla spalla fino al fianco, toccando il muscolo. Il marchio sembrava essere molto simile alla cicatrice che correva sulla sua faccia. I suoi capelli corti erano sporchi di polvere e sudore. Eppure era in piedi.

Dietro di me, Maddox annunciò, «Dichiaro Wulfgar il giusto vincitore dei Giochi!» La polvere si alzò di nuovo quando i guerrieri presero a sbattere i piedi nel terreno, acclamando il vincitore. Io li ignorai tutti.

Con il corno stretto tra le mani come fosse un talismano in grado di proteggermi, camminai direttamente verso il grande guerriero. Il sudore gli imperlava il corpo e i suoi muscoli meravigliosi.

«Il tuo premio, mio signore.» Le mie mani tremarono un po' quando alzai il corno, ma la mia voce era ferma e sicura.

Quella volta, Wulfgar non esitò ad accettare la mia offerta. Mettendo una mano sulla mia, alzò il corno, ed io mi alzai in punta di piedi per permettergli di bere. Neanche per un secondo i suoi occhi lasciarono i miei.

Quando il corno si fece vuoto, grossi ruggiti trionfantimi giunsero finalmente alle orecchie ed io mi sentii mancare la terra sotto i piedi. Lui mi toccò il braccio, e solo così riuscì a tenermi in piedi.

«Mia signora.»

La sua mano si fermò sulla mia nuca, e la carezzò dolcemente. Le sue dita ruvide scesero fino a toccarmi la pelle, e sotto le mie emozioni soffocate io mi sentii prendere vita.

Se gli Alpha fecero qualche discorso, io non ne sentii alcuno. A malapena riuscii a vedere le facce dei guerrieri di fronte a noi, o a sentire le loro urla di gioia. Il trionfo e la sconfitta erano stati spazzati via dalla bolla di protezione silenziosa in cui ero entrata con il gigante accanto a me, che era adesso il mio compagno.

Con una mano sul mio fianco mi fece riprendere a camminare, e i guerrieri ci fecero largo. Non mi permisi di guardare né a destra né a sinistra fino a quando non arrivammo alla fine del campo. Solo allora voltai lo sguardo. Portai gli occhi sulla foresta, ritrovando quel piccolo cespuglio dal quale il mio guerriero dai capelli rossi era andato via prima.

Il mio stivale toccò il bordo delle mie gonne, ed io inciampai.

Senza neanche fermarsi, Wulfgar mi afferrò tra le sue braccia forti. Curvata contro il suo petto muscoloso, mi afferrai ad un braccio forte e forzai il mio corpo a non tremare di fronte alla sua potenza. Lo avevo già deluso? Probabilmente non gli piaceva l'idea di sapermi a guardare altri lupi, tantomeno a cercarne. Aspettai in silenzio, ma lui non disse nulla. Tenendomi a sé con gentilezza, non smise mai di stringermi mentre camminava verso gli alberi fitti della foresta.

3

Raggiungemmo una cabina nel bosco proprio quando l'ultima luce del giorno lasciò il Cielo. Delle torce a punta erano fissate ai lati della porta. Wulfgar mi portò verso di essa, e solo quando la oltrepassammo ed entrammo dentro lui mi rimise sui miei due piedi.

Oltre le torce all'esterno, l'interno della cabina era stato sistemato apposta per noi. Il fuoco scoppiettava allegro dentro il camino di legno, con il suo fumo pungente, e accanto ad esso vidi brocche di vino e una grande ciotola piena di stufato. Intravidi anche delle erbe curative, che avrei dovuto utilizzare per curare le ferite di Wulfgar.

Ma la maggior parte della cabina era occupata dall'enorme letto matrimoniale di fronte a me. La vista di quel materasso sottile e pieno di pellicce mi fece fermare.

Ballai sui miei piedi.

«Muriel», mi tenne in piedi il guerriero gigante.

Io guardai giù, e notai che il vestito che avevo addosso era sporco di sangue. In quello spazio così chiuso, Wulfgar puzzava.

«Dobbiamo pulire quella ferita.» Le mie mani si poggiarono sul suo petto ampio. «Portarmi in braccio ha aperto di più la ferita.»

«Ne è valsa la pena» disse a bassa voce, ed io mi sentii improvvisamente calda.

«Posso... creare una poltiglia. Ho solo bisogno di un po' d'acqua.»

Wulfgar afferrò un cesto vicino alla porta. «Torno fra un momento.»

Sembrò ritornare un po' d'aria nel momento in cui Wulfgar lasciò la casa. Era brutto abbastanza che il letto prendesse la metà dell'unica stanza. Non c'era nessun altro posto dove sedersi, neanche vicino al fuoco. Una volta che avessi ripulito le ferite di Wulfgar, lui avrebbe potuto benissimo strapparmi i vestiti di dosso e prendermi su quelle pellicce. Avrebbe fatto piano, assicurandosi di fare godere anche me? O sarebbe andato veloce come un animale?

Smettila, rimproverai me stessa. *Non andare così lontana con i pensieri.*

Stupido da parte mia non aver realizzato prima cosa significasse essere la compagna di un Berserker. Ma almeno ero stata data a Wulfgar, e non a Siebold.

Sarebbe potuto essere Fergus, pensai, e il dolore mi strinse il cuore. Era giovane, e dolce, ed io avrei potuto amarlo per sempre, ma non potevo più permettermi di pensare a lui. Adesso era arrivato il momento per me di imparare ad amare quel guerriero gigante. Un giorno mi sarei permessa di piangere Fergus e ciò che avremmo potuto avere.

Un'ombra si mosse alla mia sinistra ed io saltai dalla paura. Wulfgar si muoveva velocemente e silenziosamente come un guerriero, nonostante fosse così largo.

«Mia signora», disse, toccando il mio vestito sporco di sangue.

Il cesto pieno d'acqua pendeva dal suo braccio largo, ed io realizzai che si era lavato nel ruscello. Alzò il cesto per farmelo vedere meglio.

«Posso andare a prendere altra acqua, se vuoi farti un bagno. Anche se ho paura che il vestito sia troppo macchiato per poter essere salvato.»

«Non è un problema.»

«Per favore, Muriel... l'odore del sangue richiama la Bestia.»

nel momento stesso in cui lo disse mi tolsi il vestito di dosso. La mia sottoveste era semplice seta non particolarmente costosa, ma era abbastanza per coprire la mia figura. Wulfgar, però, mi seguì per tutta la stanza con gli occhi come se indosso avessi invece della seta fine e costosa, il che era sicuramente meglio di vederlo trasformarsi in una bestia.

Mi girai a guardare il fuoco per qualche secondo, cercando di calmare i miei nervi. «Posso occuparmi delle tue ferite, se ti siedi.»

Il mio cuore prese a battere più forte quando lo sentii sistemarsi sul bordo del letto.

In qualche modo riuscii ad attraversare la capanna per stare di fronte a lui. Mentre lavoravo tenevo gli occhi sul suo petto grande, studiando le cicatrici che segnavano la sua vita passata in campo. Tutti i suoi anni erano sotto le mie dita, scritti sulla mappa che le cicatrici disegnavano sui suoi muscoli. I Berserker erano stati creati dalla maledizione lanciata da una strega tanto tempo fa. Chi era quell'uomo? Che dolore giaceva sotto tutte quelle ferite, e quella linea sul suo viso?

La ferita più brutta era larga e correva lungo il suo cuore, ma quelle più piccole si stavano già richiudendo da sole. Passai dita unte di olio curativo sui posti peggiore. Ad un certo punto mi ritrovai a dover tirar fuori una delle unghie di Siebold, rimasta sulla carne di Wulfgar. Il guerriero non fece neanche un rumore quando la tolsi. Eppure, quando accarezzai il bordo di una delle ferite più vecchie, sotto i suoi addominali, sentii il suo corpo venire attraversato dai brividi, e i suoi fianchi si spinsero in alto.

Io mi fermai immediatamente.

«Perdonami, piccolina», disse con voce roca. «È passato tanto tempo, e la Bestia è stata vicina al venire fuori per tutto il giorno.»

I suoi occhi dorati erano fermi su di me. «Che cosa dovrei fare?», sussurrai.

«Stai ferma un secondo.» Si avvicinò a me, il suo respiro sui miei capelli. Restai ferma, congelata, come una preda di fronte al cacciatore, speranzosa di essere risparmiata. Dopo un momento si sedette dritto come prima, e sospirò. «Va meglio. Per favore, continua.»

«Se ti alzi, posso chiudere le ferite con delle bende.» Mi sentii invadere dal sollievo quando lo vidi allontanarsi dal letto, alzandosi in piedi.

Poi venni presa da un pensiero per niente carino. Wulfgar si aspettava forse che sapessi come soddisfare un uomo? Le mie sorelle mi avevano dato delle istruzioni, alcune molto dirette, altre molto confusionarie. Che cosa sarebbe successo se lo avessi deluso?

Persi il fiato quando lo sentii parlare all'improvviso. «Non devi aver paura di me.»

«Perché no?» chiesi, la testa bassa, intenta a guardare ciò che stavo facendo. Tenni la voce leggera. «Il resto del branco lo fa. O almeno dovrebbero, dopo averti visto sconfiggere la bestia di Siebold.»

Mentre mi sporgevo a prendere le erbe, lui catturò il mio

polso. «I Giochi erano necessari. E giusti. Siebold sapeva a cosa stava andando incontro.»

«Siebold è un bullo.» Quando Fergus era stato attaccato, lui era rimasto in disparte e lo avevo visto ridere di gusto.

«Sì, lo è.»

«Si è meritato ciò che gli è successo.»

Mi lasciò finire di prendermi cura delle sue ferite in silenzio. Quando finii di chiudere la poltiglia, lui si alzò e cominciò a muovere la spalla, per testare le bende.

«Grazie, piccolina.»

Io mi abbassai per prendere tutte le bende che non avevo utilizzato. «Si sarebbe richiusa anche senza le mie erbe... lo stava già facendo mentre sistemavo.»

«La magia che ci permette di trasformarci ci permette anche di guarire più in fretta. Ma i miei poteri erano tutti rivolti verso la gara, oggi, e credo che Siebold abbia usato del veleno contro di me.»

«Veleno?» chiesi, guardando artiglio che avevo staccato dal corpo di Wulfgar con orrore.

Lui scrollò le spalle. «Non uno letale, qualcosa di irritante abbastanza per lui da intingere i suoi artigli con esso senza fargli male. Non è necessariamente contro le regole... ma ci vorrà più tempo perché la ferita guarisca.»

L'odio che provavo già per il guerriero biondo si fece più forte, così come ciò che sentivo per questo guerriero enorme che avevo di fronte. «È orribile. Avrei preferito vederti battere qualcuno di più onorabile di lui.»

«Io no», disse lui. «Se Siebold fosse stato onorabile, non mi sarebbe piaciuto così tanto distruggerlo.»

Ricordai la pozza di sangue nel campo, e d'improvviso qualsiasi cosa avessi sentito per quel guerriero enorme svanì di nuovo.

Wulfgar si schiarì la voce. «E comunque, le tue cure sono

sempre benvenute. È passato molto tempo dall'ultima volta in cui una donna si è presa cura di me.»

Io annuii, poi mi allontanai verso il camino per mettere della distanza tra di noi. I miei piedi toccarono per sbaglio la pentola piena di stufato, facendo cadere il coperchio. La cabina si riempì dell'odore di cibo, ricco e meraviglioso. Chiunque avesse preparato quella cabina ci aveva lasciato del cibo. «C'è del mangiare, se ti va.»

Con lo stomaco stretto in un nodo come il mio, riuscii a malapena a toccare del cibo. Lui invece ne ingurgitò almeno due piatti. Oltre che attraversare la stanza per servirlo, non feci altro se non rimanere vicina al camino per mantenere quanta più distanza potessi tra me e lui e me e quel letto.

Quando alla fine smise di mangiare io presi un bel respiro. Era arrivato il momento di agire, prima che perdessi i miei nervi.

Mi alzai, togliendo la sottoveste e gettandola oltre la mia testa, lasciandola cadere sul pavimento. In piedi e completamente nuda, bagnata soltanto dalle luci del fuoco, io portai in alto il mio mento, ma non riuscii a fare molto per il modo in cui sentii la mia voce rompersi quando parlai. «Se ti va piacere, io sono pronta, mio Signore.»

All'inizio Wulfgar non fece assolutamente nulla. Quando alla fine si alzò io cominciai a tremare, e lui si fermò di nuovo. Con passi lenti e misurati che mi ricordavano tanto quelli di un cacciatore, lui si fece sempre più vicino.

Toccò il mio viso, ed io realizzai in quel momento di star piangendo.

«Oh» dissi, facendo qualche passo indietro e girandomi per asciugare le mie lacrime. «Mi dispiace, sono una stupida. È solo stata una lunga giornata e... ed io non sono molto coraggiosa.»

Wulfgar si sedette sul bordo del letto, spingendomi verso di lui per farmi fermare in mezzo alle sue gambe. Io mi rilassai con il calore che emanava il suo corpo, ma il mio continuò a tremare leggermente.

«Se vuoi sapere la mia, io penso che sia stata una lunga giornata per entrambi, e che la cosa migliore da fare stanotte è dormire.»

Le mie spalle si abbassarono. Lo avevo già deluso. Cercai di dissentire, ma lui mi fermò. «Ho bisogno di riposare tanto quanto te.»

«Mi dispiace—»

«Non devi scusarti», mi disse con voce dolce. «E per quanto io apprezzi la tua... volontà, penso che sia meglio fare le cose con calma. Abbiamo una vita da passare insieme, io e te, del resto.»

«D'accordo...»

«E promettimi una cosa, sì?» cominciò, un suo dito sul mio mento, per farmi alzare il viso abbastanza da poterlo guardare. «Promettimi di smetterla di pensare a te stessa come una codarda. Ci vuole tantissimo coraggio per togliersi i vestiti di fronte ad uno sconosciuto. E non un semplice sconosciuto, ma qualcuno che hai appena visto fare a pezzi altri guerrieri. Guerrieri che non hanno fatto assolutamente nulla, e che non sono nemici, ma compagni di branco che non hanno fatto nient'altro se non lottare per vincere la tua mano.»

Boccheggiai silenziosamente. Wulfgar aveva lasciato Siebold in una pozza di sangue. «Si riprenderanno, vero?»

«Sì, si riprenderanno. Non devi preoccuparti di loro. Avremmo fatto tutti ciò che era giusto fare, per poterti vincere.» Lasciò cadere il viso, poggiando la fronte contro la mia.

Le sue dita si strinsero sulle mie braccia. Io restai in silenzio, ad ascoltarlo respirare.

Quando alzò di nuovo il viso, i suoi occhi erano completamente dorati. «Sarebbe meglio se non parlassi degli altri uomini del branco. Almeno per stanotte. La mia Bestia è ancora troppo eccitata dopo aver vinto la battaglia, e vuole soltanto portare a termine la caccia.»

Deglutii con forza. Non avevo bisogno di chiedere chi fosse la preda.

«Non ti farò mai alcun male, piccolina, e ti prometto che farò di tutto per essere sempre delicato. Ma adesso tu sei mia, Muriel. Ed io non ti lascerò mai andare.»

QUELLA SERA mi sdraiai al fianco del mio nuovo marito, con le lacrime a bagnare le pellicce. Non facevo altro che vedere Fergus perdere la mia mano ogni volta che chiudevo i miei occhi. Almeno non era stato ucciso, era ciò che continuavo a ripetermi per provare a stare meglio.

Al mio fianco Wulfgar dormiva profondamente. Asciugandomi le lacrime dalle mie guance, mi alzai e mi avvicinai al fuoco. Avevo messo uno dei tanti fiori bianchi che Fergus continuava a lasciarmi in una piccola pezza che avevo stretto al mio polso prima di partire. Staccai il piccolo bracciale che avevo fatto, gettandolo dentro il fuoco. Non potevo più guardarmi indietro. C'era soltanto il futuro per me, adesso.

«Addio, Fergus» sussurrai, e poi tornai sul letto accanto al mio nuovo marito, che non si mosse nemmeno.

AD UN CERTO punto durante la notte sentii Wulfgar alzarsi dal letto, e quando mi svegliai svariate volte e vidi l'altro lato vuoto divenne una certezza. Il fuoco dentro il camino era ancora acceso, e nel tepore in cui era abbracciata la stanza io tornai a dormire.

Sognai fiamme alte intorno al letto, pronte ad inghiottire tutto, eppure io non bruciavo. Le fiamme si trasformarono presto in mano che accarezzavano la mia pelle nuda, scendendo sul mio stomaco per aprire le mie gambe. Dita premurose presero ad accarezzare i miei fianchi, a massaggiare il mio fondoschiena e le mie gambe.

Il fuoco si trasformò in un petto grosso e ruvido che sentivo dietro di me.

I miei occhi si spalancarono di colpo. C'era un uomo dietro di me, intento ad accarezzare la mia pelle nuda, facendo crescere il fuoco dentro di me.

Da quando avevo conosciuto Fergus, mi ero immaginata spesso le sue mani intente a toccarmi esattamente così. Non avevo dimenticato ciò che era successo ieri; sapevo che quello non fosse lui. Ma avrei comunque potuto fingere...

Chiudendo di nuovo gli occhi, lasciai quelle dita spingermi ancora più in alto. Il mio nuovo compagno sapeva come toccarmi, in che modo esplorare le mie soffici curve, e chiudersi nei miei punti più delicati, lasciandomi senza respiro.

«Per favore» respirai quando sentii dita callose scivolare in mezzo alle mie gambe, ad accarezzare le mie cosce, vicine al mio punto più delicato. Il mio corpo si mosse senza il mio controllo, ed io sentii le mie gambe aprirsi per lui.

«È questo che vuoi, piccolina?» disse una voce roca, a malapena riconoscibile come quella di un uomo. La bestia del mio Berserker stava per prendere il controllo, e a me non importava.

Labbra morbide toccarono il mio collo, strisciando verso la mia spalla. Trattenni il respiro quando sentii i denti solleticarmi la pelle. La Bestia voleva mordere, voleva marchiarmi. In quel momento ero pronta a sanguinare, se questo avesse significato non sentire quelle mani fermarsi neanche un momento.

Premendo il mio corpo contro il petto dietro di me, divaricai le gambe ancora di più portando una in alto. Un pollice scivolò in mezzo alle mie labbra, facendomi tremare. Il mio centro era pronto, pulsante, gonfio. Dita esperte entrarono dentro di me e poi uscirono di nuovo, spargendo i miei succhi sulla mia intimità. Io mossi i fianchi. Un secondo braccio scivolò sotto il mio corpo, spingendolo contro il suo dietro di me.

Se chiudevo gli occhi, riuscivo ad immaginare Fergus invece di chiunque altro.

La mano in mezzo alle mie gambe continuò a lavorare, il pollice contro il mio clitoride mentre le dita continuavano a pompare dentro di me, facendomi impazzire. I miei fianchi presero a muoversi a ritmo, ed io sentii il calore farsi sempre più vicino, la pressione pronta a farmi spezzare, a prendere possesso di me.

«Sì!», gemetti.

Denti raschiarono sulla mia spalla. In qualche modo la minaccia del dolore si mischiò al mio piacere, spingendomi più vicina al mio limite.

Un gemito basso risuonò proprio vicino al mio orecchio, vibrando profondamente sul mio corpo. Corpo che non era più mio: apparteneva a quelle mani che, esperte, mi stavano facendo impazzire.

Afferrai uno dei due polsi tra le mani, ma il mio compagno era troppo forte. Sentii i canini spingersi lievemente dentro la mia pelle mentre mi perdevo nell'orgasmo.

I miei gemiti si andarono calmando mentre le labbra del mio compagno mi baciavano il collo. Mi girai sulla schiena, il nome di Wulfgar sulle mie labbra. Ma sentii la voce morirmi in gola quando vidi Fergus sorridermi da sopra di me.

«Buongiorno, Muriel» disse, la voce roca.

«Come...» ma la mia voce era ancora stretta dal sonno, e la mia lingua era ancora intrecciata dopo il piacere che avevo provato. Il mio sguardo corse verso la porta di casa.

«Ho pensato di intrufolarmi dentro e passare la mattina con te.»

Io mi alzai di colpo, il freddo a prendere possesso del mio corpo, scacciando via qualsiasi calore avessi sentito prima. «Fergus, non puoi restare qui.» Spinsi le mani sul suo petto, e lui catturò i miei polsi, baciandomi le nocche.

«Vuoi che me ne vada?»

I miei occhi non riuscivano a lasciare la porta. «Per favore, devi andare. Devi scappare. Tutto questo è così sbagliato...»

«Muriel—»

Staccandomi dalla sua presa, mi alzai dal letto, restando nuda. Una sola notte e avevo già tradito Wulfgar. Che cosa avrebbe detto il mio compagno, se fosse tornato in quel momento e avesse trovato il piccolo lupo rosso sul letto con la sua nuova compagna? Wulfgar aveva lasciato Siebold in una pozza di sangue, in campo.

Se avesse trovato Fergus, il mio guerriero dai capelli rossi non sarebbe sopravvissuto.

«Piccolina, calmati.»

Io continuai ad andare indietro. «Devi andare via. Mi dispiace. Io appartengo a qualcun altro, adesso, e non posso rompere la mia promessa. Ne vale della pace tra i Clan.»

La porta dietro di me si aprì con un cigolio. Lo sguardo di Fergus volò sulla porta della cabina, che sembrò tremare un po' quando Wulfgar entrò dentro.

«Muriel.»

«Mio Signore», tremai. «Mi dispiace.» Il mio stomaco si strinse come se la mano gigante di un mostro l'avesse stretto in un pugno. Con gli occhi già bagnati dal pianto, cercai di salvare Fergus con le mie parole per quanto potessi. «Per favore, per favore non fargli del male.»

«Che sta succedendo?» Wulfgar passò lo sguardo da me al letto, dove Fergus stava fermo.

«È stata colpa mia» dissi, in un sussurro. «L'ho lasciato fare. Gli ho fatto credere...»

Wulfgar non disse una parola. Il suo viso era fatto di pietra. Il rumore del letto dietro di me mi fece capire che Fergus si era alzato, e si stava avvicinando a me.

Mi strinse i fianchi, avvicinandomi a lui. «Muriel, va tutto bene.»

Wulfgar sembrò ritrovare la voce in quel momento. «Sei stato con lei?»

«Per favore» dissi, staccandomi da Fergus per potermi mettere in mezzo ad entrambi. «Per favore, abbi pietà. È stata colpa mia. È stato il primo Berserker che ho conosciuto, e mi sono innamorata. È stato stupido. Non sapevo che sarei stata messa in palio per i Giochi.»

Per un momento pieno di tensione, Wulfgar non disse assolutamente nulla. Il pensiero di gettarmi a terra in ginocchio e pregarlo mi sfiorò la mente, poi seguito dall'immagine di lui che mi scansa per poter prendere a pugni Fergus come aveva fatto con Siebold. Non importava ciò che facessi, il guerriero gigante poteva benissimo togliermi di mezzo e uccidere il suo rivale.

Wulfgar alla fine parlò. «Tu sei più di un qualcosa messo in palio, Muriel. La tua opinione conta quanto la nostra.»

Io aprii la bocca, e poi la chiusi di nuovo. Non era ciò che mi aspettavo di sentire, e non avevo una risposta.

«Quindi tu provi qualcosa per lui?» mi chiese Wulfgar, indicando col mento l'uomo dietro di me.

«Io... sì. Lo farò sempre. Ma sono la tua compagna adesso, e lo so, e farò ciò che devo. Ti sarò fedele. Sono stata debole, per favore... non ucciderlo.»

Il respiro di Fergus mi spostò i capelli, rendendomi chiaro che fosse proprio dietro di me. «Va tutto bene, Muriel» disse, e se non fosse stato per la paura che prendeva qualsiasi altro mio pensiero, mi sarei accorta di quanto lui sembrasse divertito. «Wulfgar non mi ucciderà.»

Cercai di dirgli di scappare, di salvarsi, ma sentii le parole morirmi in gola quando lo vidi spostarmi gentilmente per avvicinarsi a Wulfgar.

«Vero» disse Wulfgar, e anche lui sembrava divertito. «Non ti ucciderò, ma sappi che non vivrai a lungo se non ti assicuri di tenerla al sicuro da Siebold e i suoi scagnozzi.» La sua mano volò verso di lui, pronta ad afferrarlo, ma Fergus si abbassò immediatamente. Persi il respiro, impaurita, ma quando Fergus si alzò di nuovo in piedi, stava sorridendo.

«Che cosa ti avevo detto sul prendere in giro quel deficiente?», si lamentò Wulfgar. «Sei fortunato che sei un piccolo codardo veloce.»

«È un piacere anche per me vederti, stupido, vecchio lupo. Ero preoccupato. Non ti ha mai detto nessuno che si scansano, i colpi, invece di sferrarli e basta? Sei fortunato che la tua testa è fatta di pietra, altrimenti non saresti sopravvissuto», disse Fergus, e quando Wulfgar sbuffò e cercò di dargli un colpo, lui danzò lontano dalle sue mani.

Sentii la mia bocca spalancarsi mentre li guardavo fingere di fare a botte.

«Okay, basta» disse Wulfgar, spingendo via Fergus. «Vai a preparare il fuoco.» Prima che io potessi fare o dire qualsiasi cosa, Wulfgar attraversò la stanza per prendere una delle pellicce sul letto e mettermela addosso. Grosso com'era, dimenticavo quanto potesse essere veloce.

«Abbiamo una compagna adesso» disse, stringendomi tra le pellicce con mani gentili, e facendo un verso quando notò i miei piedi nudi sul pavimento. Solo in quel momento mi resi conto che stavo tremando, e che il mio respiro si era fatto freddo e spezzato. Alzandomi senza problemi, Wulfgar mi riportò sul letto. «Dobbiamo prenderci cura di te.»

«Qualcuno dovrebbe spiegarle come funzionano i legami dei Berserker» disse Fergus, guardando Wulfgar dritto negli occhi.

«Che... che sta succedendo?» chiesi, guardando prima uno e poi l'altro.

«Pensavi che lo avrei ucciso per aver preso mia moglie prima di me?», chiese Wulfgar.

Io annuii, perché non sarei riuscita a dire una parola.

«Se fosse stato qualsiasi altro Lupo, l'avrei fatto. Ma io e Fergus abbiamo un legame, molto simile a quello degli Alpha di tua sorella», spiegò Wulfgar. «Noi condividiamo tutto.»

«*Tutto*» ripeté Fergus. Quando girai lo sguardo verso di lui, lo vidi agitare le sopracciglia in alto e in basso verso di me.

«Anche se» cominciò Wulfgar, girandosi con la fronte aggrottata verso Fergus, «dovrei spezzargli il collo, perché il tuo primo piacere doveva essere mio da prendere.»

Io persi il respiro.

«Sta scherzando, Muriel» mi rassicurò Fergus, e guardò Wulfgar. «Non è colpa mia se hai lasciato il letto.»

«Aveva bisogno di dormire.»

«Si è svegliata senza problemi, per me» sorrise furbo Fergus.

Wulfgar ringhiò e cominciò a muoversi, ed io in automatico strinsi il suo braccio forte. Le mie mani erano troppo fragili per poter fare qualsiasi cosa, ma lui si fermò.

«Lo stai proteggendo?» mi chiese, la fronte aggrottata, ed io tremai pur sapendo che mi stava prendendo in giro.

«Piccolina, Wulfgar sta solo scherzando.» Fergus si avvicinò al letto, l'espressione ancora divertita. «Sei ancora spaventata?»

«Io non... non lo so.» Il nodo sul mio petto sembrò slegarsi, e le mie lacrime minacciarono di uscire.

Wulfgar mi lasciò andare, e Fergus prese il suo posto. «Va tutto bene, Muriel» disse, avvicinandosi a me. «Sfogati.»

Stringendomi a lui, feci come aveva detto, e con i miei singhiozzi lasciai andare tutta la tensione che avevo accumulato dai giochi, tutta la pressione che avevo sentito da quando Ragnvald mi aveva detto che sarei stata io il premio di quella partita.

Per tutto il tempo Fergus mi strinse a sé, sussurrando parole di conforto. Wulfgar si avvicinò ben presto, l'espressione preoccupata.

Dopo un po' mi sentii meglio, e mi staccai da Fergus solo per asciugare il viso. Non avrei dovuto piangere. Nessuna delle mie sorelle mostrava così tanta debolezza. Io ero la moglie dei Berserker, adesso.

Strinsi le braccia sul mio petto, dove la pelliccia si era aperta lasciandomi scoperta. Wulfgar notò il mio imbarazzo e mi passò la sottoveste.

Fergus si finse irritato. «Perché te la stai rimettendo? Ti aiuteremo a toglierla di nuovo molto presto.»

«Questo dipende da lei», disse Wulfgar. «Potrebbe volerci qualche giorno perché Muriel si senta a suo agio tra noi due.»

«Non hai paura di noi, vero, Muriel?»

«No» dissi, facendo un piccolo sorriso.

«E mi ami» aggiunse, con un sorrisetto soddisfatto. «Non lo puoi negare, perché ti ho sentita.»

Io arrossii. «Pensavo che stessi per morire.»

«Wulfgar minaccia di staccarmi il collo ogni singolo giorno, ma non dice sul serio. I guerrieri che condividono il nostro stesso legame sono molto più uniti di tutti gli altri, nel branco.»

«Soltanto un Lupo pazzo attaccherebbe suo fratello», aggiunse Wulfgar. «E dopo quel momento il legame si spezza.»

«Ma che bei discorsi per la prima mattina di notte!» scherzò Fergus. Il suo tono allegro mi fece sentire meglio, così come la sottoveste che avevo sul petto, che mi faceva sentire più protetta.

Ma notai comunque l'eccitazione nei loro visi, o il modo in cui i loro occhi percorrevano le mie curve a malapena coperte. «Quando sei arrivato?»

«Ieri notte, ma quando sono arrivato stavate già dormendo entrambi. Sono rimasto a fare la guardia fuori per tutta la notte, ma quando ho visto Wulfgar alzarsi non sono riuscito a resistere alla tentazione di prendere il suo posto.»

«Che ora sono?»

«Più tardi di mezzogiorno. Hai dormito per la maggior parte del giorno. Beh... dormito, e fatto altre cose.»

«Ti sei preso il tuo tempo per raggiungerci, Fergus», si lamentò Wulfgar.

«Ho pensato che sarebbe stato meglio restare un po' con il branco, per cercare di scoprire come ha intenzione di rubarti la moglie Siebold.»

Io alzai il viso, improvvisamente di nuovo preoccupata, ma i miei guerrieri non sembravano particolarmente allarmati.

«Pensi che verrà presto a cercare vendetta?», chiese Wulfgar.

«Si sta ancora riprendendo, ma ha i suoi amici nel branco» disse Fergus, scrollando le spalle.

«Sta escogitando qualcosa...» scosse la testa Wulfgar.

«Se aveva considerato l'idea di battersi contro di te per prendere il tuo posto nel branco, il modo in cui l'hai fatto fuori ai Giochi lo ha dissuaso.» Fergus sembrava fin troppo divertito per l'argomento che era.

E come sempre, Wulfgar sembrò accorgersi di ogni mio sentimento, perché richiamò Fergus facendogli cenno verso di me.

«Va tutto bene» dissi, abbassando la testa, lasciando che i miei capelli coprissero il mio viso. «Il branco è diverso da ciò a cui sono abituata.»

«È un mondo diverso. E tu sei così coraggiosa ad esserci entrata.»

Non avevo avuto altra scelta, ma decisi di non dirlo.

«Allora...» dissi, guardando da un guerriero all'altro. «Voi due siete entrambi i miei compagni?»

«Gli Alpha sono convinti che, non avendo compagne con cui poter stare, i guerrieri hanno cominciato a formare dei legami con altri guerrieri per potersi aiutare durante i secoli. E questo legame ci permette di rivendicarti insieme, adesso. Ci permette di condividere senza essere gelosi.»

«E questo significa che condivideremo anche te» disse Fergus, facendomi un occhiolino, ed io deglutii. Dentro di me non vedo l'ora di rivedere il lupo del branco Highland nudo un'altra volta, senza neanche quel perizoma che una volta gli avevo visto addosso... ma due uomini? Allo stesso tempo? Mi toccai le guance, chiedendomi se si potesse vedere quanto fossero rosse anche dai capelli che mi coprivano il viso.

«Fergus, potresti andare a prendere l'acqua?» si lamentò Wulfgar, tirandogli il cesto addosso. Mentre il più giovane andava via, Wulfgar si occupò del fuoco. Io approfittai di quel momento di privacy per vestirmi, e ringraziai il mio compagno quando mi passò gli stivali.

Restò dall'altro lato della stanza, dandomi il mio spazio, muovendosi senza quella velocità che mi toglieva il respiro.

«Mi controlleresti le ferite?»

Mi avvicinai a lui, togliendogli le bende. Le ferite si stavano rimarginando in fretta e nel modo giusto, la maggior parte di loro ormai andate via completamente, a malapena diventate marchi rossi molto lievi. Ripulii e sistemai la maggior parte di loro, così da assicurarmi che non facessero male quando le avrei richiuse. In quello, quantomeno, me la cavavo. Avevo imparato da Sabine, e lei era sempre stata molto portata a criticarmi se facevo qualcosa di sbagliato.

Mentre finivo, mi resi conto che avevo passato una bella manciata di minuti vicina al mio compagno gigante, in silenzio e completamente a mio agio. Alzai gli occhi su di lui, e quando lo vidi sorridermi arrossii.

«Devi pensare che io sia così stupida», mormorai.

«Mai», sussurrò di rimando, prendendo le mie braccia per spingermi più vicina. «Non mi piace quando ti butti giù da sola. Per me, e per il branco, tu sei la donna migliore del mondo.»

«Un prezzo da vincere» cercai di scherzare, senza nessun risultato.

«Sei più di un semplice premio, Muriel. Sei una donna, con un cuore, ed io ti prometto di averne cura.» Aggrottò la fronte. «Quanto ti hanno detto le tue sorelle dell'essere accoppiata ad un Berserker?»

«Mi hanno detto che potrei andare a letto con un uomo.

Mi hanno detto che potrei dare alla luce un bambino. Mi hanno parlato dei loro due compagni, e di come loro la condividano, ma...» mi persi nelle mie parole, cercando di ricordare il consiglio che Sabine mi aveva dato, ma l'unica cosa che riuscii a ricordare fu il modo dolce in cui si era trasformata la sua espressione quando cominciò a descrivere il loro legame, seguito presto da una spiegazione precisa riguardo il cazzo di un uomo e il calore di una donna. Ad un certo punto aveva ricordato un momento in cui Maddox e Ragnvald l'avevano fatta infuriare, e le sue lezioni si erano andare direzionando più sul mio assicurarmi di far sentire la mia voce, e di non piegarmi mai al loro volere, il che poi si era trasformato in un altro discorso acceso sui Giochi e su quanto fossero ingiusti. Era andata via dalla stanza furiosa, alla ricerca di quegli uomini così poteva "fargliela pagare", e «Mi sentiranno!», e «Li troverò, quei mostri, e gli dirò che questi Giochi non andranno avanti.» Era tornata qualche ora più tardi, la faccia rossa e i capelli sfatti, ma più rilassata.

Volendo guardare indietro adesso, mi rendo conto di quanto fosse stata confusionaria come lezione, e in quel momento, di fronte a quel guerriero così potente, qualsiasi consiglio utile era sfuggito dai miei pensieri. «Io... vorrei saperne di più.»

«Non importa», disse, portando una ciocca dei miei capelli dietro l'orecchio. «Quando arriverò il momento, sarà un nostro onore, poterti insegnare.»

La porta si aprì di colpo e Fergus entrò dentro. «Ecco la tua acqua. E il branco ha lasciato un'enorme quantità di cibo. Neanche fosse un banchetto. Immagino che non si aspettano di vederci uscire per un bel po' di tempo» disse, le sopracciglia a fare su e giù verso di me un'altra volta, ed io arrossii di nuovo.

I due guerrieri mi dissero di aspettare dentro mentre portavano un tavolo fatto di legno dentro la capanna, pieno di torte, crostate, carne, stufato e verdure cucinate con una salsa meravigliosa. Il mio stomaco prese a brontolare.

«Mangiamo, allora» disse Wulfgar quando Fergus portò dentro due sedie. Io seguii i guerrieri verso il tavolo, una mano sullo stomaco come a fermare i suoi rumore. Wulfgar voleva mangiare, e allora avrei mangiato, così quella notte avrei potuto fare di tutto per soddisfare i miei due uomini come potevo.

I due uomini si sedettero nelle due sedie, e per un attimo io rimasi interdetta sul dove avrei dovuto sedere io.

«Vieni qui, Muriel» disse Fergus, dandosi un colpetto sulle cosce.

Capendo che non avrei potuto fare a meno di arrossire per tutto il resto della giornata mi avvicinai a lui, sedendomi dove mi aveva detto.

«Va tutto bene, piccolina» mormorò. Un suo braccio mi circondò la vita, stringendomi contro di lui, e quel solo gesto fece andare via il mio imbarazzo. «Questa settimana ti servirò per imparare a conoscerci e a darci piacere. Per quando la settimana sarà finita, ti sarai abituata a tutte le nostre attenzioni, e ti piaceranno.»

«A me piacciono le vostre attenzioni» dissi. Il mio corpo sembrò prendere fuoco quando portai un braccio attorno al suo collo, per raddrizzarmi.

«Bene. E un giorno saprai anche che prima di sederti per mangiare con noi, dovrai essere tanto nuda quanto noi siamo vestiti.»

«Ma...» mi girai a guardare Wulfgar, per cercare conferma. Lo trovai a sorridere furbo, ma non disse nulla per negare le parole del suo compagno.

«Spogliati, Muriel» disse Fergus fermamente.

La mia bocca si spalancò. «E se dovesse entrare qualcuno?»

«Non ci disturberà nessuno. Ma se qualcuno dovesse decidere di farlo, puoi fidarti di noi. Ti terremo al sicuro.»

Io aggrottai la fronte, ma c'era poco che potessi fare. Dopo tutto, avevo addosso soltanto una sottoveste. Fergus mi aiutò a liberarmene, gettandola oltre la mia testa sul pavimento.

«In futuro, quando esiterai prima di obbedire sarai punita.»

«Punita?»

Lui annuì gravemente, ma i suoi occhi erano accesi, eccitati.

Fu Wulfgar a parlare. «Niente di doloroso, e niente che possa restare sulla tua pelle in maniera permanente. Ad un Lupo da tantissimo piacere, portare la sua compagna ad obbedire.»

Sembravano entrambi così felici che non ero certa di sapere se stessero scherzando. Decisi di aspettare per poterlo chiedere direttamente a Fergus dopo, in privato.

Annuendo, mi sistemai meglio sulle cosce di Fergus. Il resto della cena lo passammo divertendoci e mangiando. Fergus mi trattava come avessi ancora i vestiti addosso, nonostante riuscissi a sentire entrambi i loro sguardi addosso, che mi facevano sentire più calda del fuoco acceso dentro il camino. Dopo avermi fatto bere dal suo stesso corno, portato direttamente da lui alle mie labbra, Fergus mi fece mangiare ciò che sceglieva lui senza farmi toccare il cibo.

Dopo qualche sorso di vino cominciai a ridacchiare e mangiare in quel modo come fosse un gioco.

Fergus avvicinò una prugna alla mia bocca per farmela mangiare, e mentre davo un morso i suoi succhi scivolarono sul mio mento fino al mio petto. Lui catturò la mia mano prima che potessi raccogliere i succhi con le mie dita, e invece avvicinò il suo viso per occuparsene lui. La sua lingua leccò il succo, portandolo vicino ai miei seni mentre leccava. La mia testa si inclinò indietro mentre la sua barba mi solleticava la pelle, mandando strani e piacevoli brividi lungo il mio corpo. Quando alzò la testa vidi il succo della prugna bagnargli le labbra, e quando si avvicinò a me per baciarmi io scoprii un nuovo modo di mangiare il mio frutto preferito.

Quando le nostre bocche si separarono, realizzai che il rigonfiamento sotto le mie gambe si stava facendo più duro e grosso.

Fergus era davvero l'uomo più bello che io avessi mai visto. Accarezzai i suoi capelli rossi, e lui tracciò la mia schiena nuda con le dita, lasciando piccoli baci sulla mia spalla. Leccai le sue dita ogni volta che portava dell'altro cibo verso di me, ridendo quando prese a baciare il lobo del mio orecchio, facendomi il solletico con la barba.

«Basta», dissi. «Sono sazia.» Mi sporsi per prendere invece dell'altro vino, e Wulfgar fece un verso contrariato. Fergus lo spostò via.

«Sei piena anche di quello, dolcezza.»

«Io sono sempre dolce. Sempre. E faccio sempre ciò che mi viene detto», dissi. Il vino che avevo già bevuto aveva cominciato a far girare la stanza.

«Sì?» sussurrò Fergus vicino a me. «Allora dovrò darti tanti, tanti piccoli ordini. Dammi un bacio, Muriel.»

Non glielo feci ripetere due volte. Dopo ciò che sembravano ore sulle sue gambe, stuzzicata dalle sue dita e dalle sue labbra, mi ritrovai a volere soltanto di più. Mi presi le sue labbra un'altra volta, assaporando le prugne e il vino.

Mi leccai le labbra. «Dolce e amaro.»

La sua mano si strinse tra i miei capelli, spingendo la mia testa indietro per poter controllare il bacio. Quando si staccò da me, il suo respiro mi solleticò il viso.

«Il mio fratello guerriero si sente lasciato in disparte», disse. «Perché non vai a dimostrargli quanto gli sei grata per aver vinto i Giochi?»

Per un attimo rimasi interdetta, ma quando Fergus girò il mio corpo io rividi Wulfgar, che ci guardava con un sorrisetto divertito dall'altro capo del tavolo.

Annuendo, mi alzai in piedi. Più mi avvicinavo al guerriero più lui sembrava farsi grande. Eppure i suoi occhi erano dolci. Perché mi ero ritrovata a sentirmi così spaventata da lui, prima?

Poggiai una mano sulla sua mascella, studiando il suo viso pieno di cicatrici. Lo avevo davvero considerato brutto, una volta? C'era adesso qualcosa che mi spingeva verso di lui nelle sue labbra, nei suoi occhi, persino nella sua cicatrice. Non era meraviglioso... non esattamente. Ma era bello nonostante tutto.

«Sto per baciarti» gli sussurrai, come un avvertimento.

I suoi occhi si incresparono leggermente, quasi sorridendo, ma non si mosse. Anche le sue braccia restarono ferme ai suoi lati mentre mi sporgevo per baciare le sue labbra. Era la prima volta che mi ritrovavo ad avere totale controllo. Incurvai la testa, lasciando che fossero le mie labbra a fare il lavoro. I miei capezzoli si fecero improvvisamente turgidi, e mi ritrovai a desiderare di spingerli contro il suo grosso petto nudo.

Invece mi staccai da lui, e lo guardai negli occhi. «Sono stata brava?»

Lui ridacchiò dolcemente, ed io mi sentii pervadere dal calore. «Sei stata bravissima. Adesso Fergus ti darà la tua ricompensa.»

«Muriel, vieni a sederti di fronte a me.»

Il guerriero dai capelli rossi mi aspettava sul letto. Si fece più indietro mentre mi avvicinavo, facendomi spazio tra le sue gambe, il mio viso rivolto verso Wulfgar. Una volta in posizione, Fergus mi divaricò le gambe.

«Tienile in questo modo, oppure sarai punita.»

Le mie ginocchia avevano già cominciato a riavvicinarsi. «Punita? Come?»

«Fergus ti farà abbassare sulle sue ginocchia e ti schiaffeggerà il culo» rispose Wulfgar dalla sua postazione vicino al fuoco. Bevve un sorso di vino dal corno, godendosi lo spettacolo.

«Cosa?» dissi, girando la testa per guardare il giovane guerriero. «Lo faresti?»

«Oh, sì. E mi piacerebbe. Sentirti cercare il respiro, e pregare, guardare il tuo culo farsi rosso e caldo per me...»

Ancora una volta non riuscivo a capire se stessero scherzando o meno, così semplicemente non dissi nulla e lasciai le mie gambe aperte.

«Divaricale di più» disse Wulfgar dalla sua sedia, la voce roca. Si sporse in avanti, i gomiti sulle gambe, gli occhi fissi sulla mia intimità in mezzo alle mie gambe. Sentii il bisogno di chiuderle immediatamente.

«Vieni, piccolina, lasciati aiutare» disse Fergus, spingendo le mie gambe ancora più ai lati, tenendole ferme con le sue.

Solo in quel momento realizzai che Wulfgar poteva vedere tutto di me. Prendendo una pelliccia, la misi sopra il mio petto.

«No, levala» disse Fergus, togliendola lui stesso. «Non devi nasconderti da noi.»

«Ma nessuno mi ha mai vista così...»

«Va tutto bene. Siamo i tuoi compagni. Nessuno ti ha

mai neanche toccata, vero, piccolina?» le dita di Fergus strisciarono sul mio petto nudo, fermandosi sul mio stomaco, dove picchiettarono piano come fossi liuto e lui fosse un musicista nato.

«No», respirai.

«E oltre noi, nessuno ti toccherà mai», ringhiò Wulfgar. Non stava guardando passivamente. Il suo corpo era tesa, sporto in avanti contro una catena invisibile che lo teneva indietro. Il mio cuore prese a battere più forte mentre guardavo il predatore uscire fuori nei suoi occhi. «Ho ucciso per molto meno.»

«Vedi, Muriel» disse Fergus con tono sensuale, «Sei al sicuro con noi. Non lasceremo che ti succeda mai nulla di male.»

«Ma—»

«Sh, adesso. Permettimi di darti piacere.» Le dita di Fergus presero a danzare nuovamente sulla mia pelle, ed io sentii il fuoco di quella mattina accendersi di nuovo.

«Ti ricordi cosa ti ho insegnato, Fergus?» chiese Wulfgar, e la sua voce sembrava tirata.

«Sì. Adesso rilassati, Muriel» respirò Fergus sul mio orecchio, e la sua mano scese sotto le mie cosce, spostandosi al centro. Io mi tesi automaticamente, provando a chiudere le gambe prima di ricordare il suo ordine.

«Respira, Muriel» comandò Wulfgar. «Profondi respiri. Dentro... e fuori.» Focalizzando la mia attenzione sul suo ordine, mi lasciai distratte per un momento.

Ma quando le dita di Fergus cominciarono a strisciare tra le mie labbra inferiori, io persi la concentrazione e il respiro.

«Wulfgar ci guarderò mentre ti do piacere. Ti piace l'idea?», sussurrò Fergus sul mio orecchio.

«Sì.»

«Ti piace farci felici? Ti va di darci piacere?» disse, continuando ad accarezzarmi, la sua voce un mormorio ipnotico nel mio orecchio.

«Ti prenderemo in qualsiasi modo possibile, così saprai di essere nostra.»

«Per favore.»

«Per favore cosa, piccolina?»

«Prendetemi. Voglio essere vostra.»

Denti mi morsero piano il lobo, seguite immediatamente dalla lingua di Fergus, che leccò via il dolore. Le sue dita non smisero mai di muoversi.

Un suono lento e basso si propagò per la capanna, ed io realizzai che ero io. Stavo gemendo. Le mie gambe si tesero contro le sue, e lui le divaricò ancora di me.

«Pregami, piccolina. Prega per ciò che vuoi.»

«Io voglio...» I miei fianchi si alzarono verso l'alto. Non ero certa di sapere cosa volevo oltre il suo tocco meraviglioso e perfetto.

Wulfgar guardava dal suo posto, i suoi occhi brillanti. Volevo alzarmi, bella e desiderata, e andare da lui. Avrei fatto di tutto per lui. Volevo compiacere i miei compagni.

«Che cosa vuoi, Muriel? Dovrei fermarmi?» La mano di Fergus si fermò, ed io l'afferrai.

«No—»

«No? Non sei tu che fai le richieste, Muriel. Siamo noi al comando.»

«Per favore, non fermarti. Fai ciò che devi.» Pensai velocemente a ciò che avrebbero voluto sentirsi dire. «Sono vostra.»

La sua risatina rimbombò nelle mie orecchie. «È così che prenderai il tuo piacere, sempre. Tramite le nostre mani. Disperata, pronta a pregare. E pregherai, ogni volta, e desidererai di essere penetrata da noi. E in quel momento, soltanto in quel momento, ti permetteremo di lasciarti andare.»

«No», dissi, la voce un sussurro. «Per favore. Per favore, io devo... ho bisogno...» La pressione in mezzo alle mie gambe si fece più forte, troppo grande per il mio corpo minuto da reggere. Quella voce roca e quelle mani forti e in continuo movimento avevano trasformato il mio corpo in un guscio pieno di desiderio, pronto a strabordare.

«Si sta avvicinando» ringhiò Wulfgar.

Un urlo lieve mi arrivò all'orecchio, e mi ci volle qualche secondo per capire che ero io.

«Vieni per me, Muriel. Vieni, adesso.» E come se avessi aspettato fino a quel momento soltanto l'ordine di Fergus, io mi ruppi contro il suo corpo, tremante come una foglia in mezzo alla tempesta. I suoi muscoli mi tennero ferma sul letto mentre una sua mano mi stringeva i seni, tirando i capezzoli, e l'altra continuava a scoparmi la vagina, facendomi perdere nell'orgasmo ancora e ancora.

Quando alla fine riuscii a ritrovare me stessa, il mio corpo era bagnato di sudore. Fergus avvicinò le dita bagnate alla mia bocca, ed io le succhiai immediatamente.

«Non sei durata molto a lungo. Avevo sperato di tenerti così per un bel po'. Dovremo lavorarci su, piccolina.»

Io mi lasciai andare contro il suo petto.

«Ottimo lavoro», disse Wulfgar a Fergus. «Con il tempo imparerai a riconoscere i segnali, così puoi portarla verso l'orlo e tenerla lì, a stimolarla sempre di più. Più aspetta, più intenso sarà il suo orgasmo.»

«Se la faccio venire in fretta, poi posso stimolarla ancora?»

«Sì, ma con molta delicatezza. Le sue pieghe si fanno sensibili al tocco, subito dopo.»

Fergus accarezzò le mie labbra inferiori un'altra volta, e il mio corpo ebbe uno spasmo.

«Vedi? Ci sono modi per continuare a darle piacere, ma abbiamo tempo di esplorarli tutti. Oggi è soltanto l'inizio», continuò Wulfgar. «Metti la punta della tua mano su di lei e spingi leggermente. Tienila ferma. E stringila sempre, quando hai finito. Durante questi momenti è in pace, ed è più ricettiva al tuo tocco.»

«Lei è sempre ricettiva al mio tocco, non è vero che lo sei, dolcezza?» Fergus fece scivolare le sue dita sulle mie cosce. Io tremai, ma lui non fece altro che stringere le mie gambe per tenermi ferma, come aveva detto Wulfgar. Ferma tra le sue braccia e coccolata, io mi lasciai andare tra le braccia del mio giovane amante.

La porta d'ingresso scricchiolò segnalando l'uscita di Wulfgar, ed io mi feci di nuovo sveglia. «È arrivato il momento di soddisfarti?»

«Presto, piccolina» risposte Fergus andando più in fondo sul letto, sdraiandosi e portandomi di fronte a lui, continuando a stringermi forte. «Ma non quando sei così presa dall'alcol. Ti vogliamo sveglia e ricettiva quando ti prenderemo, così puoi imparare e ricordare tutto.»

Io mi strinsi di più a lui, sbadigliando nonostante avessi dormito per la maggior parte della giornata. «Se non imparo abbastanza in fretta, mi punirete?»

«Forse», ridacchiò lui, spingendo il suo cazzo sul mio culo. «Ma quelle punizioni ti piaceranno.»

4

Quando mi svegliai di nuovo, fu con il mormorio proveniente dai miei guerrieri. Le loro voci arrivavano strane al mio orecchio, ovattate, quasi come fossero molto lontani.

«Si sta già muovendo all'interno del branco, acquisendo consensi» disse Wulfgar, e in qualche modo io sapevo che stesse parlando di Siebold. «Dobbiamo completare il legame d'accoppiamento, il prima possibile. Vorrei poter dimostrare che siamo legati, in caso dovesse sfidarmi.»

«Ma di certo non ti sfiderà così di fronte a tutti, non dopo averlo battuto.»

«Non per dimostrare chi è il più forte, ma per cercare di provare che è lui il vero compagno di Muriel.»

«Impossibile», sbuffò Fergus. «Quell'idiota non riuscirebbe ad accoppiarsi nemmeno con una pecora vogliosa, neanche con il cazzo su per il culo.»

«Tu ed io lo sappiamo, ma il branco...»

«Anche il branco lo sa.»

«Al branco non importa se Siebold ha una possibilità o meno» continuò Wulfgar, paziente. «Una volta avergli messo l'idea in testa, loro cominceranno a chiedersi se magari anche loro potrebbero avere l'opportunità di almeno provarci, ad accoppiarsi con lei. Andranno contro i Giochi. Gli Alpha non avranno nessun'altra scelta se non quella di testare il nostro legame, e dare Muriel via se non passiamo questo test.»

«Mai», ringhiò Fergus, imprecando. «Ucciderò ognuno di loro per tenerla, o morirò provandoci.»

«Anche io. Ma dobbiamo assicurarci che non arriviamo a quel punto.»

«E allora ci accoppiamo.» Con gli occhi ancora chiusi, immaginai Fergus fare spallucce. «Lei ci vuole. E noi vogliamo lei. Cos'è che dovrebbe impedirci dall'accoppiarci?»

«Lei vuole *te*. Ma di me ha ancora paura. Mi ha visto come un mostro.»

«Cambierà idea.»

«Non ti dimenticare mai, Fergus, che dentro di noi c'è una Bestia che aspetta di liberarsi. Non possiamo e non dobbiamo mai perdere il controllo, anche quando lei imparerà a conoscere quella parte di noi e ad accettarla.» Wulfgar si fermò per un secondo. «Credo si sia svegliata.»

«Muriel?» La porta cigolò aprendosi, e Fergus entrò nella capanna. «Apri gli occhi, piccolina. È arrivato il momento di mangiare.»

Non disse niente riguardo a ciò di cui stavano parlando. Il mio cuore era stretto in una morsa al pensiero del piano che stava mettendo in atto Siebold, ma non dissi assolutamente nulla a riguardo. Mantenni l'espressione assonnata e innocente.

«Buongiorno» dissi, stiracchiandomi sul letto e poi tirandomi fuori dalle pellicce, e i loro sguardi si fissarono sul mio corpo nudo. La vista sembrò abbastanza per distrarli dal mio orecchiare.

Fergus si avvicinò immediatamente al letto, salendoci sopra e mettendosi su di me con le mani ad entrambi i miei lati, abbassandosi lentamente prima di prendersi le mie labbra. Il suo bacio riuscì per un attimo a farmi dimenticare tutte le cose preoccupanti che avevo sentito.

«Non è mattina, ma pomeriggio tardi.»

«Sembra un giorno nuovo», dissi, sorridendo. «E poi non può essere più tardi di mezzogiorno. Non ho fatto altro che mangiare e dormire.»

«Beh, è a questo che servono questi primi giorni», mi disse Wulfgar. «Servono a conoscerci e a vivere insieme.»

«E a scopare», aggiunse Fergus con un sorrisetto.

«Quello non lo abbiamo ancora fatto», dissi.

«Non ancora», ma si spinse su e mi aiutò ad alzarmi con lui, portandomi verso il tavolo ancora pieno di cibo.

«Vieni a sederti con me, piccolina» disse Wulfgar, spingendo la sua sedia indietro per farmi spazio. «È il mio turno di darti da mangiare.» Senza nessuna esitazione, obbedii all'ordine. Con le mani sulle gambe mi bilanciai su quelle del guerriero gigante, aprendo la bocca per permettergli di imboccarmi.

Fergus e Wulfgar cominciarono a parlare della qualità del vino e del cibo, senza parlare più di Siebold.

Mentre il cibo mi riempiva lo stomaco e faceva andare il sonno, le loro parole cominciarono ad arrivare chiare al mio cervello. Dovevamo legarci come coppia reale, e sembrava fossimo a corto di tempo per farlo. Avrei tanto voluto poter chiedere consiglio alle mie sorelle, anche solo una di loro.

Conoscerci, aveva detto Wulfgar. Era a questo che serviva questo nostro momento di solitudine. Era quello il mio compito.

«Come vi siete conosciuti?» chiesi durante una delle pause nella loro conversazione.

«È stato tanto tempo fa», disse Fergus, dopo aver scambiato un'occhiata divertita con Wulfgar.

«Quanti anni hai?»

«Ne avevo sedici quando sono stato Trasformato.»

Wulfgar grugnì, in disaccordo. «A guardarti ne avevi forse quindici.»

«Ero solo magro», replicò Fergus, piccato. «Il mio padrone non mi dava mai da mangiare.» Si girò a guardarmi di nuovo. «Un gruppo di Berserker mi vide mentre venivo pestato. Ero uno schiavo.»

«Andò contro il suo padrone, però. Aveva difeso una donna, e da quel momento aveva preso il suo posto sotto gli occhi del padrone. E poi sono arrivato io per impedire altro», disse Wulfgar.

«Quella notte, dopo aver difeso la donna, il mio padrone è venuto da me per fare altre cose, cose peggiori, ed io cercai di evitarlo. Lui mi accoltellò, e mi lasciò fuori casa per lasciarmi morire. Wulfgar trovò il mio corpo, e decise di Trasformarmi.»

Notando il bicchiere di Wulfgar ormai vuoto, presi il corno e alzandolo aspettai un suo cenno per riempire di nuovo il bicchiere. «Pensavo che la Trasformazione venisse dalla maledizione di una strega?»

«A volta, un uomo morso da uno di noi può trasformarsi in un mostro, come noi.»

«Voi non siete mostri», difesi.

Il dolore sembrò illuminare il viso di Wulfgar. «No?»

In quel momento ripensai alla Bestia di Wulfgar, l'orrore tra uomo e Lupo, fermo contro le ombre dei suoi nemici, e mi strinsi il corno al petto.

Fergus si mosse sulla sua stessa sedia, preso dal suo

racconto. «Quando mi svegliai, ero stato Trasformato. Potevo correre come un lupo. Wulfgar mi insegnò a combattere, e a far uscire fuori la bestia.» Fergus sorrise, e le fiamme gli illuminarono i denti bianchi. «Una volta imparato, mi assicurai che il mio padrone non potesse fare più del male a nessuno. Lo lasciai a morire sepolto in una pozza del suo stesso sangue.»

Wulfgar si schiarì la voce. «Forse non è il caso di far sentire a Muriel i dettagli della tua prima uccisione.» Con gentilezza, il gigante prese il corno dalle mie mani di pietra.

Fergus si mise di nuovo dritto sulla sua sedia. «Vieni a sederti con me, Muriel.»

Quello era Fergus, ricordai a me stessa. Il giovane guerriero amichevole che aveva cominciato a flirtare con me dalla primissima volta in cui mi aveva visto. Mi porse la sua mano. Io la presi e lo lasciai spingermi sulle sue gambe.

«In ogni caso, è così che io e lui ci siamo conosciuti.»

«Ed è stato in quel momento che il vostro legame si è formato?»

«Non esattamente.»

«Tutti i guerrieri condividono questo legame gli uni con gli altri?»

«No, solo alcuni. I nostri Alpha hanno lo stesso nostro legame fraterno», continuò Wulfgar. «Oltre al legame che hanno col branco intero, e adesso quello che hanno con tua sorella Brenna. Il legame d'accoppiamento è il più importante, per noi, perché è l'unica cosa in grado di darci il pieno controllo sulla bestia. Ma prima di conoscere te e le tue sorelle, il legame fraterno era l'unica cosa che ci aiutava a stare lontani dalla pazzia. Si è fatto più forte, con il tempo.»

«Come si è formato il vostro?»

«Un legame fraterno si forma quando entrambi salvano la vita l'uno all'altro», mi rispose Fergus.

«Quindi anche tu gli hai salvato la vita?» chiesi, stringendo le mani intorno al suo collo. Le sue tracciarono le linee del mio corpo, ed io mi ritrovai a non preoccuparmi nemmeno di dove andassero.

«L'ho fatto», disse Fergus. «Tante volte, per quel che ricordo.»

«Davvero?» Nonostante fosse anche lui parecchio muscoloso, Fergus sembrava piccolino se messo a confronto con il gigante che invece era Wulfgar.

«Sì.» Fergus mi sembrò infastidito del mio tono sorpreso. «Gli ho dato la mia forza così da poter vincere le sfide. Come pensi che abbia vinto i Giochi?»

«Quindi hai perso di proposito?»

Le guance di Fergus si tinsero leggermente di rosso, un rosso simile ai suoi capelli. Wulfgar non si fece problemi a scoppiare a ridere di fronte a lui.

«Ci siamo messi d'accordo per far sì che io uscissi fuori dai Giochi prima, per nascondermi nella foresta e condividere la mia forza con lui attraverso il nostro legame.»

«Fantastico... tutti i legami funzionano così?»

«Non ne siamo certi... Non ci capita di parlare di questi legami privati con gli altri del branco.»

Presi un profondo respiro, e trovai il coraggio di chiedere l'unica vera domanda che continuava a girare e rigirare nella mia testa. «E... come formeremo noi, il *nostro* legame?»

Fergus diede un'occhiata a Wulfgar, che confermò con un cenno della testa.

«Piccola... noi quello te lo mostreremo... adesso.»

Non riuscii ad evitare di sentirmi nervosa quando Fergus mi prese in braccio, alzandomi con lui dalla sedia. Mi portò sul letto, facendomi sedere prima di togliersi i pantaloni di pelle che aveva addosso. La vista del suo petto ampio, chiazzato di peluria leggera, mi distrasse da qualsiasi altro pensiero.

«Ti ricordi il modo in cui ti ho toccata?»

Io annuii.

«Voglio che ti tocchi esattamente in quel modo, adesso. Fallo piano, come piace a me.»

Annuii un'altra volta, allargando lentamente le gambe.

«Questo ti farà bagnare, e ti permetterà di aprirti di più. Mi verrà più semplice, così, entrare dentro di te.»

Mentre accarezzavo le mie labbra inferiori, Fergus si tolse il perizoma e si inginocchiò sul letto. I suoi capelli gli sfioravano le spalle, toccandogli i muscoli pieni di lentiggini. Se mi concentravo soltanto su di lui, riuscivo a fingere che fossimo da soli, due amanti giovani intenti a scoprire i punti segreti l'uno dell'altra.

«Baciami, piccolina» sussurrò, ed io chiusi gli occhi, avvicinando la mano libera verso di lui. Lui la prese, aiutandomi a stendermi sul letto, Fergus in mezzo alle mie gambe aperte.

«Sei bellissima, aperta, così, come ti ho sempre immaginata.»

Io arrossii.

Le sue mani scivolarono sul mio corpo, tirandomi un capezzolo. I miei umori mi bagnarono immediatamente le dita al leggero dolore.

«Ti piace? Ti piace quando li tiro così?»

Avrei anche provato a negarlo, ma quando lo fece di nuovo, i miei fianchi si alzarono in alto e risposero per me.

La sua espressione si fece trionfante. «Queste sono mie, adesso» disse, stringendo i miei seni forte tra le sue mani. «Potrei anche costringerti a non mettere mai più i vestiti.»

«Fergus—» Ma la mia protesta andò perdendosi nell'aria quando lui si abbassò sui miei seni, le labbra sul mio capezzolo, succhiandolo immediatamente. Quando si staccò e alzò la testa, il punto che aveva succhiato restò rosso e bagnato.

Io spinsi le sue spalle, ma ero completamente indifesa ed incapace di fermarlo mentre dedicava lo stretto trattamento anche all'altro.

«Mi stai già andando contro?» mormorò contro la mia pelle.

«No, Fergus, io—»

I suoi denti strinsero i miei seni, e una sensazione sconosciuta mi scoppiò dentro, arrivando direttamente al centro della mia intimità completamente bagnata.

«Ti piace...»

«No—»

«Non negarlo.» Le sue dita scesero tra le mie labbra, spingendo un po' le mie. «Sei completamente zuppa per me.»

«Fergus, per favore—» Il piacere continuò a stringere la mia intimità, la tensione ad impossessarsi dei miei fianchi con ogni singolo movimento delle mie dita.

«Ferma.» Prese il mio polso, ed io protestai quando sentii il piacere dissiparsi, fare largo ad un bisogno doloroso.

«Mani sopra la testa, Muriel», ordinò. «Non farmelo dire due volte.»

Ad occhi spalancati, obbedì. Il mio amante sembrò quasi trasformarsi, farsi più grande e più grosso, la sua mascella meravigliosa stretta in un'espressione determinata.

«Fergus», lo chiamò Wulfgar, in tono d'avvertimento.

«Va tutto bene, Muriel.» Parlò a me, ma sembrava rassicurare invece il suo compagno. «Non ti farei mai del male.»

«Lo so», sussurrai.

«Tieni le mani lì, oppure le lego. Voglio soltanto... esplorare.»

Il suo respiro caldo mi accarezzò la pelle, e l'unica cosa che potevo fare fu tenere le mani strette sopra la mia testa. Fergus si prese il suo tempo per baciare i miei seni, facendo andare via quel bisogno doloroso che aveva preso il posto del piacere. Non volevo niente più che toccarlo, ma quando provai a muovere la mano lui sembrò ringhiare, e mi tenne ferma.

Wulfgar si avvicinò al letto. «Fai attenzione», disse al suo fratello guerriero. «Assicurati di mantenere il controllo.»

«Lo farò.»

Notai l'espressione addolorata sul viso di Wulfgar prima di sentire le mani di Fergus stringersi sui miei polsi, riportando la mia attenzione su di lui. I suoi fianchi si abbassarono sul mio corpo, e la lunghezza del suo membro accarezzò le mie labbra. Alzai i fianchi contro di lui.

«Così, piccolina, muoviti contro di me», ordinò Fergus.

Io chiusi gli occhi mentre obbedivo, ma riuscivo ancora a vedere quell'espressione sul viso di Wulfgar anche ad occhi chiusi. Perché non si stava unendo? La mia inesperienza lo aveva messo a disagio?

I miei movimenti si fermarono. Fergus mi lasciò andare un polso per passare un dito in mezzo alle mie labbra. «Sei bagnata, ma non abbastanza per farmi entrare.»

«Lascia che sia io ad occuparmi di lei», disse Wulfgar. Un'ombra sembrò cadere su di me mentre si avvicinava. Feci del mio meglio per non allontanarmi.

Fergus si spostò sedendosi dietro di me e facendomi mettere comoda sul suo grembo.

«Che stiamo facendo?» chiesi, proprio quando Wulfgar si inginocchiò e portò le mie gambe sulle sue spalle.

Provai a muovermi, e Fergus strinse le braccia intorno al mio corpo, tenendomi ferma e stringendo i miei polsi con gentilezza.

«Stai ferma, piccolina. Non è necessario che tu sappia cosa sta succedendo. Devi soltanto obbedire.»

Wulfgar si sporse con il capo in avanti, e il respiro caldo andò a scontrarsi sulle mie labbra bagnate. I miei fianchi si spinsero in avanti.

Il guerriero gigante in mezzo alle mie gambe prese a baciare la pelle sensibile del mio interno coscia.

Fergus mi tenne ferma quando cominciai a muovermi di più. Tra le sue braccia intorno al mio corpo, e le gambe strette tra le braccia forti di Wulfgar, ero davvero, completamente alla loro mercé.

«Le piace che la tieni ferma», disse Wulfgar, lo sguardo fisso in mezzo alle mie gambe. «Anche se si muove, non fa altro che farsi più bagnata.» Riportò la testa in avanti, leccando i miei umori.

«Dio, per favore.» La mia testa cadde indietro. Non potevo muovermi, non potevo fare nient'altro se non pregare... e *sentire*. La lingua di Wulfgar non smise mai di muoversi su e giù in mezzo alle mie labbra, come se non potesse averne mai abbastanza. La sua bocca era morbida e soffice, e la barba ispida contro la mia pelle ben presto mi fece perdere il respiro.

Fergus riprese a stringermi con forza, assicurandosi che non mi muovessi. In qualche modo, sapere che non potevo liberarmi trasformò quella sensazione in una ancora più. Potevo essere ferma, ma sentivo. Sentivo tutto.

La lingua di Wulfgar toccò un punto particolarmente sensibile tra le mie labbra, e quando mi sentii gemere lo fece più volte. Ed io continuai a gemere.

Fergus mi fece stare in silenzio, stringendo i miei seni. «Non puoi venire fino a quando non sarò io a dirlo. Se vieni, sarai punita.»

«Punita? Come?» riuscii a tirar fuori. Wulfgar si fermò,

permettendomi di riprendere in mano i miei pensieri. «Parli spesso di punirmi. Vorrei sapere di più.» Fergus sembrava particolarmente eccitato all'idea di punirmi, e quella sua eccitazione mi rendeva curiosa.

«Non c'è bisogno di tentarmi, dolcezza. Lo scoprirai, molto presto.»

Wulfgar ritornò al suo lavoro, leccando e succhiando in mezzo alle mie gambe fino a quando io non persi di nuovo la ragione. I miei fianchi continuarono a muoversi ancora e ancora, e Wulfgar li tenne fermi con forza, così tanta che neanche le mie spinte più forti riuscirono a scalfire la sua stretta. Scosse di piacere mi scivolarono addosso, dalla bocca in mezzo alle mie gambe alle dita sui miei capezzoli.

Fergus non smise mai di sussurrare nelle mie orecchie. «Non puoi venire, devi trattenerti. Le ragazze cattive che vengono senza permesso, vengono punite.»

Le sue parole mi facevano andare sempre più vicina al piacere, anche mentre cercavo in tutti i modi di obbedire. Ero una brava ragazza. Dovevo trattenermi. I miei muscoli si tesero, e quello non fece altro che farmi avvicinare sempre di più al baratro. Stavo cadendo. Wulfgar fece scivolare improvvisamente un dito dentro di me mentre continuava leccare, e un altro, e poi un altro ancora.

Le mie pareti bruciarono un po', eppure io continuai a muovere i miei fianchi, volendone di più.

«Per favore», respirai.

«Brava, così. Pregalo. Dì il suo nome», m'incoraggiò Fergus.

Io guardai dritto al guerriero in mezzo alle mie gambe. «Wulfgar, per favore. Io non posso... ho bisogno...» Sentii il piacere impossessarsi della mia mente, e persi la capacità di parlare.

E proprio quando mi sentivo ad un passo da raggiungere

il piacere, completamente persa dentro di esso, Wulfgar alzò il viso. Imbarazzata notai che era bagnato dei miei umori.

«È pronta. È arrivato il momento.»

Fergus si allontanò da dietro di me, ed io mi trovai improvvisamente sul letto, lui sopra di me, i miei occhi nei suoi.

«Adesso ti scopo» disse, gli occhi completamente dorati. «Andrò piano. Non ti farò male.»

Io lo toccai, desiderosa di sentire il suo corpo contro il mio. Le sue mani scivolarono sui miei fianchi, stringendoli mentre mi guardava completamente.

«Così dannatamente bella. È da troppo tempo che aspetto per questo momento.»

«Per favore, Fergus...» Gli gettai le braccia intorno al corpo, e lui si abbassò su di me. Immediatamente sentii la sua punta spingere contro la mia entrata, in quella stessa sensazione lenta e scottante che avevo provato con le dita di Wulfgar. Faceva male, eppure soddisfaceva al tempo stesso. E grazie a Wulfgar, non mi ritrovai impreparata di fronte al piccolo momento di dolore che stavo provando. Strinsi le gambe intorno al suo corpo, cercando di spingerlo più avanti.

«Ferma, piccolina. Dobbiamo andare piano. Potrebbe farti male.»

«Per favore, Fergus, solo... spingi. Entra dentro.»

«No, piccolina» disse, ma si spinse comunque un poco più avanti. Io persi il respiro, e lui si fermò, permettendomi di aprirmi attorno a lui.

«Così grosso» sussurrai, e mi godetti la sua espressione trionfante. Si spinse indietro e poi tornò avanti, ogni volta entrando un pochino di più. Mi ritrovai ad alzare i fianchi con i suoi movimenti, scavando le unghie sulla sua schiena, tenendomi a lui come se da ciò ne dipendesse la mia vita.

Il suo cazzo andò più a fondo ed io mi strinsi a lui—per tenerlo dentro o per farlo andare via, non lo sapevo.

Con un sospiro lui si spinse in avanti. Una scarica di dolore mi fece irrigidire il corpo, ma lui si stava muovendo, fuori e dentro, il suo cazzo a scivolare facilmente tra le mie pareti bagnate.

«Scusami, piccolina. Non l'ho potuto evitare. Ho bisogno di te.»

Io gli sussurrai di non preoccuparsi, e strinsi le gambe intorno alla sua schiena, avvicinandolo di più. Occhi nei miei, non smettemmo mai di guardarci mentre lui continuava a spingersi sempre più a fondo, i suoi movimenti più semplici.

«Oh, piccola, è bellissimo sentirti così.»

In risposta, io mi strinsi ancora di più tra le sue spalle con le braccia. Lui si sporse verso di me, a baciare il punto in cui la mia spalla si univa al mio collo. Sentii i suoi denti mordicchiare la mia pelle sensibile mentre i suoi fianchi continuavano a muoversi, accarezzando a volte il punto sensibile che Wulfgar aveva leccato senza mai fermarsi. Mi sentii scuotere dal piacere.

«Oh», urlai, e le mie pareti si strinsero su Fergus. Fu troppo, per lui. Mi strinse con forza, venendo dentro di me, chiamando il mio nome. Con le guance arrossate, prese a tremare leggermente.

«Lei non ha finito» disse Wulfgar avvicinandosi al letto, ed io ricordai solo in quel momento che lui era lì, a guardarci. «Usa il pollice. Stimola quel piccolo nodo lì. Con leggerezza, e velocemente.»

«Guardami, Muriel», mi ordinò Fergus. Io mantenni il suo sguardo e quegli occhi dorati, insieme all'immenso piacere provocato dalle sue dita, mi portarono al limite. Persi il respiro, e cominciai a tremare come fossi posseduta.

Le espressioni soddisfatte dei miei uomini mi fecero capire che erano contenti di ciò che avevo fatto.

Fergus si spinse fuori in quel momento, ed io vidi una piccola chiazza rossa di sangue sulle pellicce. Wulfgar si avvicinò, poggiando un piccolo panno caldo e bagnato sul mio centro. Io arrossii, sapendo che mi aveva tastato in maniera molto intima.

«Dolorante?» chiese.

Io annuii, ancora troppo timida attorno a quel guerriero enorme. Lui mi aiutò ad alzarmi, facendomi bere dal corno. Era così grosso, mi sentivo nient'altro che una bambina tra le sue braccia. La sua lunghezza spessa e dura spingeva contro il mio sedere, e mi chiesi come sarebbe stato prendere lui dentro di me. Avevo pensato che Fergus fosse troppo spesso, ma il mio corpo si era abituato a lui, alla fine, e ci eravamo ritrovati ad incastrarci come se i nostri corpi fossero stati fatti l'uno per l'altro.

Sarebbe stato lo stesso, con Wulfgar? Una parte di me non vedeva l'ora di scoprirlo, anche se tremavo al pensiero. Quando mi alzai dal suo grembo, mi fermai intorno alle sue braccia. Lui semplicemente mi tenne, senza neanche provarci a fare la stessa cosa che aveva fatto Fergus prima. Eppure potevo sentire il suo cazzo pronto per me. Aveva guardato per tutto il tempo, eppure non stava facendo nulla per prendersi il suo piacere. Avevo fatto qualcosa di sbagliato?

Con voce piccola e insicura, gli chiesi, «E tu? Non ti... prenderai il tuo piacere?»

Wulfgar scosse semplicemente la testa. «Non stasera, piccolina.» Abbassando la testa, mi prese il mento tra le dita e mi diede un bacio caldo e passionale, prendendosi le mie labbra.

Ma fu tutto ciò che si prese. Quando Fergus si avvicinò

per prendermi tra le sue braccia, Wulfgar si alzò e lasciò la capanna. Io aggrottai la fronte, ma cercai di rilassarmi tra le braccia del mio compagno.

«E quindi è fatta? Adesso siamo legati?»

«Perché lo chiedi? Vuoi scappare dagli Alpha e chiedere un nuovo compagno?»

«No, certo che no, volevo solo—»

Fergus mi strinse a sé. «Ti stavo prendendo in giro, piccolina. Sei intrappolata con noi, che leghiamo in un giorno o in una settimana... non cambierà.»

«Ma deve succedere in fretta. Giusto?»

Spostandosi, Fergus mi mise in modo tale da potermi guardare negli occhi. Studiò il mio viso.

«Dove l'hai sentita, questa cosa?»

Non volevo ammettere di aver origliato, così cercai di sembrare normale mentre dicevo, «L'ho sentito dire alle mie sorelle.»

«Prima è, meglio è, ma non c'è motivo per te di preoccuparsi. Puoi fidarti dei tuoi compagni. Ce ne occuperemo noi. Tu devi solo concentrarti sul darci piacere.»

Io morsi le labbra per un momento, e poi mi lasciai andare. «Okay, e come lo faccio?»

Un sorrisetto furbo gli incurvò le labbra. «Potresti baciarmi, per cominciare.»

Restammo sul letto, a consumarci a vicenda. Fergus mi accarezzava con dolcezza, riempiendomi di lunghi, invitanti baci che mi fecero sciogliere sul letto.

Un rumore sordo fuori, però, all'improvviso mi fece irrigidire. «Che succede?»

«È solo Wulfgar che taglia la legna.»

«Sta bene?»

«Certo», disse, allontanando le mie preoccupazioni.

«Speravo di dare piacere anche a lui», dissi, mordendomi il labbro.

«Lo farai. Lo fai già», disse Fergus, però si alzò, prendendo il suo perizoma e i suoi pantaloncini, rivestendosi. «Possiamo andare da lui, se ti va.»

«Non posso... non ho un vestito» gli feci notare, e Fergus mi mostrò la maglietta che aveva addosso.

«Puoi indossare qualcosa di mio.»

«Ma... quello mi coprirò a malapena.»

«Appunto.»

Alzando gli occhi al Cielo, uscii fuori dalle coperte e mi vestii con la sua maglietta. Era larga, su di me, ma come pensavo riusciva a malapena ad arrivarmi alle cosce. Non c'era niente che poteva fermare i miei nuovi compagni dal far scivolare la mano sotto per afferrare il mio fondoschiena; che fu esattamente ciò che fece Fergus subito dopo.

Io protestai, ma il suo tocco rese immediatamente turgidi i miei capezzoli, visibili nonostante la stoffa pesante.

«Speravo di dare piacere anche a lui», dissi, mordendomi il labbro.

«Lo farai. Lo fai già», disse Fergus, però si alzò, prendendo il suo perizoma e i suoi pantaloncini, rivestendosi. «Possiamo andare da lui, se ti va.»

«Non posso... non ho un vestito» gli feci notare, e Fergus mi mostrò la maglietta che aveva addosso.

«Puoi indossare qualcosa di mio.»

«Ma... quello mi coprirò a malapena.»

«Appunto.»

Alzando gli occhi al Cielo, uscii fuori dalle coperte e mi vestii con la sua maglietta. Era larga, su di me, ma come pensavo riusciva a malapena ad arrivarmi alle cosce. Non c'era niente che poteva fermare i miei nuovi compagni dal far scivolare la mano sotto per afferrare il mio fondoschiena; che fu esattamente ciò che fece Fergus subito dopo.

Io protestai, ma il suo tocco rese immediatamente turgidi i miei capezzoli, visibili nonostante la stoffa pesante.

«Fergus?»

«Sì, amore mio?»

«Quando si è formato il legame con Wulfgar, esattamente?»

«L'ho aiutato ad uccidere un guerriero.»

I miei occhi si spalancarono. «Uno del branco?»

«Sì. La bestia aveva preso totale controllo su di lui, rendendolo pazzo. Ha preso controllo della sua mente, e lui non si è mai più ripreso.»

«E succede spesso?»

«Non da quando siete arrivate tu e le tue sorelle.» Mi baciò con dolcezza la fronte. «Ed è per questo che siete così importanti, Muriel. Tu calmi la bestia... la lasci dormire. Siamo parte lupo, parte uomo... ma una parte è pura, affamata pazzia. E quella parte è la bestia.»

«E cosa desidera la bestia?»

«Sottomissione.» Mi strinse più vicina, le mani a stringere le mie natiche. La maglietta si alzò sui miei fianchi mentre si metteva in mezzo alle mie gambe. Senza più nessuna preoccupazione, mi sedetti sulle sue gambe. I suoi denti mi mordicchiarono leggermente il lobo. «E tu ci darai quello che vogliamo, ogni singola volta.»

Si allontanò di colpo, ridacchiando della mia espressione preoccupata. Nonostante sentissi dolore in mezzo alle gambe, mi sentivo di nuovo, improvvisamente eccitata, pronta ad averne ancora.

«È per questo che è così importante che tu obbedisca» disse, in tono più serio.

«Certo che obbedisco», sbuffai. «Non è che io possa esattamente combattervi.»

Una luce maliziosa gli illuminò gli occhi. «Ci puoi sempre provare.»

Stringendo la mia mano, Fergus mi trascinò fuori dalla capanna, oltre Wulfgar. Il gigante aveva tolto la sua maglietta, e stava usando un'ascia per tagliare il legno. Si girò a guardarci mentre ci allontanavamo.

«Sto insegnando a Muriel come si combatte» disse Fergus. Mi portò in un posto un po' più aperto, prima di porgermi un ramo spesso.

«E che ci dovrei fare, con questo?»

«Colpiscimi» disse Fergus, praticamente saltando sul posto. Il suo divertimento era contagioso.

Facendo ciò che mi aveva detto, strinsi il ramo e cercai di colpirlo con esso. Fergus non ebbe nessun problema ad anticipare le mie mosse, stringendo il ramo. «Brava, così. Fallo di nuovo, ma metti le mani più lontane l'una dall'altra, così prendi meglio il ramo.»

Dopo qualche minuto mi sentivo già troppo sudata, ma i miei colpi erano meno goffi e più forti.

«Questo aiuta per il legame?», chiesi.

Fergus alzò gli occhi al Cielo. «Ti preoccupi troppo di questo legame, piccolina. Ci stiamo solo divertendo.»

Mi morsi la lingua prima di poter rispondere piccata che il mio problema non era il legame, ma la mia preoccupazione per lui. Che sapevo che dovevamo sbrigarci, perché altrimenti Siebold sarebbe venuto e avrebbe potuto ucciderlo. Invece lasciai che il fastidio si mostrasse sui miei colpi, spingendo in maniera più fiduciosa. Fergus continuò a bloccarli tutti con le braccia, un sorrisetto enorme sul suo viso.

Wulfgar lasciò perdere l'ascia e il legno, e si avvicinò a

noi. «Ottimo lavoro, Muriel. Se continui così, diventi più brava di lui.»

Stavo proprio per girarmi e ringraziarlo, quando Fergus si fece avanti, strappandomi il ramo dalle mani.

«Ehi!»

«Mi hai dato le spalle, Muriel. Prima regola: resta sempre all'erta.»

Fergus lasciò andare il ramo e scappò via. Io mi gettai immediatamente sulla mia nuova arma. Alzandola, cominciai ad avanzare verso di lui, alternando i miei passi così da portare Fergus indietro con me, esattamente dove Wulfgar stava aspettando.

All'ultimo momento, Fergus sembrò realizzare il mio gioco e si abbassò, non prima però di permettere a Wulfgar di colpirlo con una zampa gigante. Presero a sferzare colpi e scansarli, e presto il gioco divenne una vera e propria battaglia tra il più piccolo e il più grande.

Io lasciai a terra il ramo, camminando indietro. I loro piedi si trasformarono in zampe da mostro, gli artigli conficcati nel terreno. I loro petti restarono quelli umani, le braccia davanti a loro pronte al combattimento.

Per essere più piccolo come guerriero, Fergus sapeva il fatto suo. Si muoveva in fretta, scappando dalle grinfie di Wulfgar e danzando intorno a lui.

Con un ringhio, Wulfgar si fece avanti, afferrando il più piccolo per la vita e portandolo a terra. Fergus colpì il terreno e rotolò via, alzandosi con i denti di fuori. Le sue dita si fecero rigide, le mani a trasformarsi piano piano in grandi zampe che terminavano in artigli ricurvi.

Io mi lasciai andare ad un urletto spaventato.

All'improvviso mi ritrovai con due paia di occhi dorati fissi su di me, affamati. Cominciai ad andare indietro lentamente, alzando il ramo per difendermi. Loro si fecero avanti.

Fergus fece volare via la mia arma mentre Wulfgar mi prendeva in braccio, sulla sua spalla.

«Il nostro premio» ululò, camminando verso la capanna.

Una volta dentro, mi mise giù. Io aspettai stringendo le mani mentre loro si liberavano dei pantaloni.

Fergus si avvicinò a me per primo.

«Cosa—»

Le sue mani, di nuovo umane, afferrarono il collo della maglietta e lo strapparono con forza. Mi feci rigida, ma lui non fece altro che ridere. Togliendo via ciò che restava della maglietta, mi spostò sul letto, dove io cominciai ad indietreggiare, senza respiro.

«Calma, piccolina», ringhiò Wulfgar. «Non ti faremo del male. Ma adesso ci prenderemo ciò che è nostro.»

Fergus si avvicinò a me, ed io cercai in tutti i modi di non scappare via. le sue dita toccarono il centro esatto tra le mie gambe. «È già bagnata, pronta per noi.»

Mi sentii prendere dalla rabbia. Mi avevano fatta spaventare, e se la stavano godendo. «Aspettate un attimo», dissi, le mani sul suo petto.

«Ti va di combattere contro di noi, piccolina?» disse Fergus, mostrandomi i denti, come un lupo. Io lo scansai via, e d'un tratto mi trovai coricata sulla schiena, di fronte a me una creatura selvaggia. I miei occhi si fissarono su quelli dorati della bestia, e lei mi guardò di rimando.

«Calmati, Fergus. Mantieni il controllo.»

Fergus piagnucolò, un suono animalesco, ma si staccò da me. Wulfgar prese il suo posto, i suoi occhi altrettanto dorati. I suoi muscoli erano tesi mentre si teneva sopra di me. In trappola, non avevo più voglia di combattere.

«Per favore», sussurrai. «Farò la brava.»

Mordicchiandomi il collo, Wulfgar trovò un punto sensibile. Prese a succhiare con forza, ed io mi disfeci, persi il mio controllo. Diventai gelatina sotto di lui.

Lentamente, il guerriero si fece strada sul mio corpo. La sua lingua trovò i miei posti più segreti, ed io persi il fiato, cominciai a gemere, ma lui non mi faceva fare nient'altro. Prese i miei polsi, tenendoli stretti sulla mia testa.

Quel movimento liberò qualcosa, dentro di me, e con un gemito lasciai che il piacere si prendesse il mio corpo. Cercai in tutti i modi di respirare, mentre mi lasciavo andare.

«Oh, Muriel... sei perfetta» gemette Fergus. Aveva il cazzo in mano, e si stava masturbando lentamente.

«Stai calma, piccolina. Non ti faremo del male.» I denti di Wulfgar trovarono un punto sensibile dove il mio collo e la mia spalla si incontravano, mordicchiandolo piano, ed io mi sentii liquefare. Quando alzò la testa, i suoi canini erano più appuntiti. Molto più appuntiti del normale.

Ma quando fece scivolare le dita in mezzo alle mie gambe, io piagnucolai piano di dolore. Ero ancora sensibile.

«Non sei pronta, ancora.» Wulfgar si allontanò dal mio corpo. Il suo cazzo era gonfio e duro, rosso e affamato.

«Mi dispiace», sussurrai. Avrei voluto girarmi e nascondere il viso in mezzo alle coperte.

«Non è colpa tua, piccolina.» Wulfgar afferrò una pelliccia, gettandola sul pavimento. «Ti piacerebbe fare qualcos'altro per soddisfarci?»

Io annuii, e lui indicò la pelliccia di fronte ai suoi piedi. «Vieni, inginocchiati qui.»

Una volta fatto, alzai lo sguardo sul suo membro dritto. La grande punta era bagnata del suo seme.

Prendendomi i capelli in una mano, Wulfgar mi avvicinò ad esso.

«Leccalo», ordinò. «Usa bene la lingua. Bagnalo per bene.»

Feci come mi era stato ordinato, un po' esitante, all'inizio. Il sapore era salato, ma non brutto. Feci scivolare la lingua su e giù sul suo cazzo, girandola intorno alla sua punta. Il suo respiro si mozzò, e lui lasciò andare un ringhio.

«Prendilo in mano. Con delicatezza.» La mia mano sembrava così piccola e delicata contro il suo membro grosso. Mi mostrò come muoverla su e giù sulla sua lunghezza. In un attimo, mi sporsi più avanti, prendendo la sua punta tutta nella mia bocca.

«Oh, Muriel...» Era arrivato il suo turno, di gemere. Quasi sorrisi della scoperta di quel mio nuovo potere. Senza più alcuna esitazione, continuai a far girare la mia lingua intorno alla sua punta, mentre la mia mano continuava a scivolare su e giù.

La sua mano nascose la mia, prendendo a muoverla più velocemente, ed io mantenni quel ritmo anche quando mi lasciò andare.

I suoi enormi testicoli si fecero più rigidi, e con la mia altra mano li toccai, affascinata. Wulfgar gemette per davvero. «Oh sì, piccola. Sì, toccami così. Proprio così.»

Io racchiusi i testicoli nella mia mano, continuando a muoverli, fermandomi a volte per bagnare di più il suo enorme cazzo. Le sue mani restarono sui miei capelli, ma non portarono mai la mia testa avanti, non fecero niente per farmi male. I suoi movimenti erano gentili, attenti, come fossi fragile come un fiore.

«Vi sto dando piacere, signore?» chiesi, in tono innocente.

Dietro di noi sentii Fergus lasciarsi andare ad un'imprecazione, e capii che era venuto.

«Oh sì, piccolina. Mi stai dando piacere.» Gli occhi di Wulfgar sembrarono brillare, fissi dentro i miei.

Chiudendo la bocca sul suo membro, presi a succhiare

con vigore. La mia mano accelerò il movimento. Capii che era vicino quando sentii la sua testa gettarsi indietro, il suo sospiro spezzato, incapace di darmi altri ordini perché troppo perso nel piacere che gli stavo dando.

«Un giorno ti insegneremo a prenderci completamente nella tua bocca», disse Fergus. «Spingeremo i nostri cazzi giù fino alla tua gola, e tu ingoierai tutto. Ti piace come idea?»

La mia vagina era nuda, tremante e bagnata, gocciolante sulle pellicce. Il pensiero di soddisfare i miei due padroni mi fece tremare da capo a piedi.

«Mmh...» mormorai, la voce a riverberare sul cazzo di Wulfgar, ancora dentro la mia bocca. Il grande guerriero ringhiò, stringendo i miei capelli.

«Ci sveglierai ogni singola mattina con la tua bocca», continuò Fergus in un sussurro accaldato. «E quando saremo venuti, ti daremo piacere ancora e ancora, e poi ti lasceremo sul letto, coperta nel nostro seme.»

Io gemetti all'immagine che si presentò nella mia testa. Le parole di Fergus mi riempirono di desiderio, ed io mi ritrovai a non volere nient'altro che essere coperta dal seme dei miei uomini.

«Oh, Muriel... sto venendo», ansimò Wulfgar. «Sto venendo... presto...»

«Succhialo, Muriel. Succhialo forte.» Fergus si inginocchiò accanto a me. «Fai del tuo meglio per soddisfarlo, altrimenti sarai punita.» Le sue dita strinsero con forza i miei capezzoli, ed il dolore mi fece perdere il respiro. Il gemito che lasciai andare portò Wulfgar oltre il suo limite.

Venne ancora e ancora, sul mio petto. Abbassandosi verso di me, tracciò il mio corpo con un dito, spargendoci sopra il suo seme.

«Brava bambina», mi disse. Poi mi presero, alzandomi da

terra e portandomi sul letto, gambe completamente divaricate. Ed i due uomini si passarono il resto del tempo a prendersi cura della mia vagina, ancora, e ancora, e ancora.

«Perché Wulfgar non vuole scoparmi?», chiesi a Fergus quella notte. Il guerriero gigante era andato fuori a fare la guardia nella foresta, lasciandoci fino all'alba. Per divertirci, Fergus aveva creato un piccolo nido con le pellicce vicino al camino, abbastanza vicini per riscaldarci davanti al fuoco. Per un po' di tempo non avevamo fatto altro che baciarci e coccolarci, e adesso io ero ferma contro il suo petto, a giocare con la sua peluria lieve, tracciando le sue lentiggini con le dita.

«Sta solo facendo attenzione. Ha passato troppo tempo a tenere sotto controllo la sua bestia. Non vuole farti del male.»

Io aggrottai la fronte. «Ma come faremo a completare il legame, così?»

Con mia enorme sorpresa, Fergus si sporse in avanti e mi diede un sonoro schiaffo su una natica, leggero abbastanza da non fare male, ma forte abbastanza da fare rumore. «Basta, piccola», disse, con finta rabbia. «Sei troppo preoccupata per questo legame. Se me ne parli un'altra volta, ci saranno conseguenze.»

Io alzai gli occhi al Cielo.

E così, di punto in bianco, mi ritrovai sulle gambe di Fergus.

«Fergus! Che cosa stai facendo?» urlai, cercai di liberarmi, ma lui mi tenne ferma senza nessuna difficoltà, spostandomi per assicurarsi che il mio fondoschiena fosse in alto verso di lui. Lo colpì un'altra volta, ed io tirai fuori un urletto, ma non fece per niente male.

«Ti sto punendo» disse, ed io riuscii a sentire il suo solito sorrisetto in quel tono. «È così che i lupi disciplinano le loro compagne cattive.» La sua mano accarezzò un attimo una natica prima di schiaffeggiarla di nuovo, stringendola poi tra le dita.

«Non fa così tanto ma—Ow!»

Il suo palmo si schiantò sulla mia natica destra, forte abbastanza da pungere, quella volta. Io provai ad alzarmi, ma lui mi tenne ferma e a terra con una mano forte. «E un altro per mantenere le cose equilibrate.» Un altro schiaffo riempì l'abitacolo, ed io portai una mano in alto per coprire io stessa la natica dolorante.

Il mio compagno catturò i miei polsi, tenendoli stretti all'altezza della mia schiena con una mano sola.

«Basta, Fergus, ho imparato la mia lezione.»

«Ah, ma adesso mi sto divertendo.» La sua mano libera andò ad accarezzare il mio fondoschiena, allentando il bruciore. Continuò così, alternando le carezze a schiaffi leggeri. Io piagnucolai qualche volte, ma mi lasciai andare al suo tocco. Mentre quella punizione giocosa andava avanti, la mia vagina cominciò a bagnarsi sempre di più, a pulsare a ritmo delle mani che si schiantavano sul mio sedere. Nascondendo la faccia nelle pellicce, strinsi le gambe insieme cercando di nascondere a Fergus la mia condizione.

Ovviamente, però, Fergus se ne accorse immediatamente.

«Che c'è, piccolina? Cos'è questo? Ho come l'impressione che tu ti stia godendo questa punizione tanto quanto me.»

«Non è vero», protestai, ma sentii immediatamente le

sue dita scivolare in mezzo alle mie labbra, raccogliendo i miei succhi e portandomeli di fronte agli occhi.

«Le ragazzine che mentono vengono punite.»

Io abbassai la testa. «Mi piace soltanto perché sei tu.» Per enfatizzare il concetto mossi il mio corpo, il mio stomaco ad accarezzare la sua protuberanza sotto di me.

Fergus ridacchiò, realizzando il mio giochetto.

«Quindi, se chiamassi Wulfgar dentro per punirti, non avrebbe lo stesso effetto?»

Io mi feci rigida, immaginando una di quelle mani giganti a schiaffeggiare le mie piccole natiche.

«Calmati, Muriel. Stavo soltanto scherzando.» Fergus mi aiutò ad alzarmi, espressione seria in viso mentre mi guardava negli occhi. «Hai davvero paura di lui...»

«No... non sul serio.» Trattenni il respiro, realizzando che non avrei potuto mentire a lui come riuscivo a mentire a me stessa. Poi sospirai. «È solo che lui è così... grande. Enorme. Ed è importante all'interno del branco...»

Lasciai indietro la fine di quella frase.

Ed io non sono niente.

«Non è nient'altro che un uomo, Muriel. Vuoi dire che io non sono grande e importante come lui, ai tuoi occhi?»

Io trattenni il fiato, ma Fergus ridacchiò, facendomi capire che stava scherzando, e allora gli diedi un piccolo schiaffetto sulla spalla. «Tu hai la mia stessa età, ed io ti ho sempre voluto.»

«Ed io ho sempre voluto te. Era destino che diventassimo compagni, insieme per sempre.» Scacciò via i capelli dalla mia spalla prima di darmi un bacio. Io mi sporsi verso di lui, spingendo la mia bocca più vicina alla sua e stringendolo a me con le braccia. Le linee dure dei muscoli nel suo letto sembravano invitanti abbastanza da leccarle. Io cominciai ad abbassare la testa, lasciando baci leggeri sulla pelle che le mie labbra incontravano, quando lui mi fece alzare la testa per guardarlo negli occhi.

«Promettimi che gli darai una possibilità», mi disse. «A Wulfgar.»

«Lo sto già facendo», sussurrai. La mia vagina pulsò, impaziente. «È lui che va via dal nostro letto durante la notte. E nessuno dei due sembra intenzionato a scoparmi.»

«Stiamo aspettando che tu stia meglio.» E poi, d'improvviso, lui mi fece poggiare sulle pellicce, completamente distesa, girandomi così che la sua faccia fosse in mezzo alle mie gambe, e il suo cazzo fosse a pochissimi centimetri dalla mia bocca.

«Che stai facendo?»

«Giochiamo. Il primo che viene si occupa dell'altro per tutta la notte.»

«Ma—» Le mie parole morirono dentro la mia gola nel momento in cui lui abbassò la testa, la lingua a trovare il mio punto sensibile in mezzo alle gambe. Calda e già pronta, trovai il mio piacere in pochissimi secondi, e passai il resto del nostro tempo accucciata in mezzo alle gambe di Fergus, con il suo cazzo nella mia bocca, oppure tra i miei seni.

5

Passò una settimana, durante la quale restammo completamente isolati. Durante il giorno mangiavamo, giocavamo nel bosco, i miei uomini mi insegnavano a combattere. La maggior parte di quelle lezioni, però, si trasformava ben presto in nient'altro se non in una caccia, io preda e i miei compagni cacciatori. Ogni singola volta usavano le loro bocche per sfamare la mia sete di desiderio, ma nessuno dei due mi scopò di nuovo. Invece, io imparai a succhiare i loro membri andando più in fondo, proprio come Fergus aveva detto una volta. Il modo migliore per farlo era mentre ero coricata sul letto, la testa alta per prenderli tutti fino in fondo alla mia gola, mentre loro stringevano e tiravano i miei capezzoli.

Mi stavo divertendo così tanto, che quasi per un attimo dimenticai il legame.

Ma una notte mi svegliai, immersa nelle pellicce. I due uomini stavano mormorando tra di loro un'altra volta. Io rimasi molto ferma, ascoltando l'eco delle loro voci. Sembravano così lontane, nonostante sedessero a pochi metri da me, sulle sedie del tavolo, di fronte al fuoco.

«Cinque giorni, e lei è ancora dolorante. Mi aspettavo di scopare la mia sposa almeno una ventina di volte nella settimana che è passata. Anche se mi piace parecchio la sua bocca.»

«Calmati, Fergus. Era vergine, e non era abituata al tocco di un uomo.»

«Ma la magia avrebbe dovuto aiutarla a guarire più in fretta, non è così? L'avrebbe fatto, se avessimo completato il legame. Marchiarla potrebbe velocizzare il processo?»

«Fino a quando non siamo sicuri che lei sia davvero legata a noi, non possiamo permetterci di marchiarla. La bestia vuole morderla, reclamarla come nostra, ma i nostri denti potrebbero farle davvero male se non condivide la nostra stessa abilità di guarigione.»

Fergus lasciò andare un respiro frustrato. Il suono era più alto e più chiaro della loro conversazione, ma io non avevo il tempo di occuparmi di quel dettaglio.

«Chiederei consiglio agli Alpha», cominciò Wulfgar, «ma...»

«Non possiamo permettercelo, fratello. Nessuno nel branco lo può sapere.»

«Sono d'accordo. Troveremo un'altra soluzione.»

Una sedia scricchiolò, e Wulfgar subito dopo disse «Andrò di pattuglia. Tienila al caldo, piccolo lupo.»

«Sei sicuro? Puoi starci tu, questa volta.» Sentii la preoccupazione nella voce di Fergus, e quella stessa preoccupazione riecheggiò nel mio petto. Wulfgar non aveva mai passato la notte nel letto con me.

«Sono sicuro.» La porta si chiuse, ma la voce di Wulfgar non si fece ancora più lontana di quanto già non fosse. Era la stessa tonalità di prima. «Prenditi cura della nostra piccola compagna.»

Pochi secondi dopo, Fergus si sedette sulle pellicce

accanto a me. Le sue braccia si strinsero intorno al mio corpo, stringendolo contro il suo duro e caldo, ed io mi girai verso di lui con un sospiro.

Il suo tocco riuscì a far andare via alcune delle cose che avevo sentito, ma non abbastanza. Era passata una settimana, e ancora non avevamo completato il legame. Fergus aveva detto di non preoccuparsi, ma io avrei dovuto fare qualcosa. Era un mio compito, tanto quanto un loro. Non potevano nascondermi per sempre, non avrebbero potuto tenere il loro accoppiamento fallito un segreto ancora per molto. Alla fine, il branco lo avrebbe scoperto. Era di vitale importanza, che legassimo davvero.

Fergus lasciò andare un piccolo respiro, e così capii che stava già dormendo. Io, invece, ero ancora coricata e presa da mille pensieri. Wulfgar e Fergus avevano già un legame. La colpa non era loro. La colpa era mia.

E dovevo occuparmene. Se solo avessi chiesto a Sabine più cose, quando ne avevo l'occasione... avrei potuto chiedere di parlare con Brenna adesso, ma a quel punto sia lei che gli Alpha avrebbero scoperto che c'era qualcosa che non andava.

Mentre i minuti si trasformavano in ore, io restai coricata nell'oscurità, a mordicchiarmi le labbra. C'era una sola persona che conoscevo, che non facesse parte né del branco, né fosse le mie sorelle.

Per quando si fece mattino, avevo preso la mia decisione.

Avrei trovato e avrei parlato con la strega.

LA MIA OCCASIONE si presentò quando Wulfgar andò ad incontrare gli Alpha, lasciando Fergus a guardarmi le spalle.

«Fai la brava, piccolina.»

«Sempre, mio signore», gli avevo detto, offrendogli le mie labbra per baciarle. Non ero ancora riuscita a smettere di essere timida attorno a quel guerriero gigante.

Fergus era tutta un'altra cosa. Il guerriero dai capelli rossi mi fu addosso nel momento stesso in cui Wulfgar sparì in mezzo agli alberi, nella foresta. «Cosa dovremmo fare, oggi?»

«Non—non lo so...» La mia mente cominciò a correre frenetica, alla ricerca di qualcosa che potesse tenere occupato il mio uomo mentre io mi occupavo del rituale che avrebbe richiamato la strega.

«Io riesco a pensare ad alcune cose...» Fergus aveva già tolto la mia veste e mi stava baciando una spalla, poi il collo.

«Magari potremmo andare giù al torrente. Ho bisogno di lavare i nostri vestiti.» Wulfgar mi aveva portato altri due vestiti per rimpiazzare quell'unico che avevo, ormai troppo sporco, ma uno era già di nuovo sporco e strappato, reduce da una volta in cui Fergus aveva deciso di rincorrermi e acciuffarmi, per poi usarmi per il suo piacere in mezzo alla foresta.

«Il mio cazzo ha bisogno di essere lavato, in effetti», mormorò Fergus. Prese il lobo del mio orecchio tra i denti, mordicchiandolo. Sentii i liquidi bagnarmi le gambe in risposta a quelle sue carezze, e le mie gambe si fecero deboli.

«Fergus» dissi, ridacchiando nervosa. «Per favore.»

«Okay.» Si staccò da me, guardandomi. «Ma ti occuperai di darmi piacere, quando avrai finito.»

«Certo che sì» dissi, annuendo eccitata, e lui ridacchiò.

«Che brava bambina...»

«Provo ad esserlo.»

«Lo sei. Ci dai tanto piacere.» Lui catturò il mio mento, studiando la mia faccia come spesso faceva prima di sussurrarmi quanto fossi bella. Io mi morsi il labbro. Non volevo essere altro che la loro compagna. E dovevo esserlo. Doveva funzionare.

Per mio sollievo, Fergus mi lasciò andare al torrente. Si offrì persino di portare il cesto pieno di vestiti sporchi, ma una volta lì non fece nient'altro se non darmi l'ordine di restare vicino alla riva prima di trasformarsi in lupo e cominciare a cacciare pesci dentro l'acqua.

Lui aspettò vicino l'acqua alta, gli occhi fissi nell'acqua in attesa del momento giusto. Con un movimento veloce, lui alzò il muso in alto, le zampe rigide e ferme sulla roccia sotto di lui, e lo portò giù sotto l'acqua. Se fosse stato fortunato, sarebbe riuscito a catturare qualche pesce con quei suoi artigli. Ma tornò a riva a mani vuote più di una volta, anche se la cosa non sembrava infastidirlo per niente. Più che per cacciare, io ebbi l'impressione che lo stesse facendo solo per divertimento. Io cominciai a mettere a terra tutti gli ingredienti che mi servivano per il rituale, grata di saperlo troppo distratto per accorgersi di nulla.

Dopo un po', Fergus sembrò annoiarsi di quell'attività, e semplicemente si coricò sotto il Sole per fare un pisolino. Io approfittai di quel momento per allontanarmi un po', avvicinandomi all'altro capo del torrente, dove il lupo non poteva vedermi. Non mi piaceva fare le cose di nascosto, ma Sabine mi aveva detto che, anche se loro la chiamavano spesso per farsi aiutare, alla maggior parte dei Berserker non andava molto a genio, la strega. Non potevo rischiare di dire a Fergus e Wulfgar dei miei piani, e rischiare che mi impedissero di chiamare la strega. E poi, non volevo fare sapere loro quanto davvero preoccupata fossi di questo legame.

Ai piedi di un albero, accesi un piccolo fuoco e feci ciò che Sabine mi aveva insegnato a fare per chiamarla.

«Yseult», dissi il suo nome, e aspettai.

I minuti passarono ed io restai ferma, cercando di evitare alla mia testa di girarsi per controllare Fergus, o ripetere l'incantesimo.

Alla fine decisi di smetterla di aspettare, e spensi il fuoco. La strega non stava venendo... avevo fallito. Forse non avevo nessuna abilità magica, ed era questo il motivo per cui non riuscivo a completare il mio legame con Wulfgar e Fergus. I poteri delle mie sorelle le avevano rese compagne perfette per i Berserker, ma io non ne avevo alcun. La dolce, brava Muriel che faceva sempre ciò che le veniva detto. Avevo appena ricevuto tutto ciò che il mio cuore voleva, ma non ero abbastanza brava da potermelo tenere stretto.

C'era un'unica decisione che restava da prendere: dire a Fergus e Wulfgar che ero un fallimento, oppure provare a vivere il sogno della mia vita più a lungo possibile prima che loro lo scoprissero da soli, e mi lasciassero andare?

Le lacrime cominciarono a minacciare di uscire mentre io prendevo ciò che era rimasto degli ingredienti per l'incantesimo, assicurandomi di estinguere il fuoco come si doveva.

Ma dovetti fare uso di tutte le mie forze per non urlare, quando un corvo si poggiò esattamente sopra il ramo sulla mia testa, gracchiando. Sbattendo le ali, scese verso di me, ed io mi allontanai. Ma l'unica cosa che fece fu poggiarsi sul terreno, guardandomi.

«Yseult?», chiesi.

Il corvo gracchiò di nuovo, e invece di sentirmi stupida, mi sentii speranzosa.

Ma poi l'uccello volò via.

«No, aspetta!» Gli corsi dietro, sbattendo contro i rami della foresta, mettendo da parte tutto ciò che riuscivo a vedere mentre correvo. Ma immediatamente lo persi, e restai ferma nella foresta, a chiedermi se avessi fallito un'altra volta.

«Che stupida...» dissi a me stessa, e cominciai ad andare indietro, quando un ringhio lento e basso mi arrivò all'orecchio. Quando mi girai a guardare... fu in quel momento che mi accorsi del lupo.

Quell'animale era grande, con la pelliccia dorata. Con i piedi incollati al terreno, pensai in fretta. Il lupo di Wulfgar era grigio, quello di Fergus rosso. Questa bestia mi era sconosciuta. Inclinò la testa, e la luce catturò i suoi occhi: erano dorati. Un Berserker.

Quando feci un passo indietro, lui ne fece uno avanti, spezzando anche i rami più spessi con un rumore sordo e pericoloso. Io mi girai, e cominciai a scappare. Veloce, incurante dei rami che sbattevano sulla mia pelle, non azzardai neanche un'occhiata dietro di me per vedere se il lupo fosse sulle mie tracce.

«Fergus!», urlai. «Fergus!» La riva del torrente tornò alla mia vista, e lo vidi fare un salto verso di me, in forma umana.

«Muriel...» disse, stringendomi.

«C'è un lupo. Nella foresta.»

«Capisco...» ringhiò, mettendosi tra me e la foresta. «Se qualcuno attacca, tu corri più veloce della luce, e torni nella capanna.»

Le mie dita si strinsero sulle sue braccia forti. Se qualcuno avesse attaccato, io non ero certa che sarei riuscita a lasciare il suo fianco.

«Che cosa avevamo detto sul tuo allontanarti?»

«Mi... mi dispiace», balbettai.

«Non ti preoccupare.» Afferrò la mia mano, spingendomi via. Lasciammo il cesto con i vestiti vicino alla riva, e cominciammo a correre verso la capanna.

«Mi dispiace», dissi un'altra volta, quando sentii tornare l'aria nei polmoni. «Sono certa di aver visto un lupo. Ha cominciato ad avanzare, e quindi mi sono messa a correre.»

«Non ho dubbi che tu abbia visto qualcosa. Sicuramente ci sono spie, in mezzo al bosco.»

«Spie?»

«Lascia perdere.» Fergus si girò verso di me, vicino alla porta della capanna. «Che cosa stavi facendo?»

«Avevo bisogno di erbe, e pensavo che sarei riuscita a trovarle vicino la foresta, vicino alla riva...» Non era una bugia, non esattamente. Ma non era neanche la verità. La testa di Fergus si inclinò di lato, come soppesando le mie parole. Mi chiesi se potesse sapere che stavo nascondendo qualcosa.

«Quando stavamo al villaggio, io camminavo senza problemi in giro», continuai. «Non pensavo che avesse potuto essere pericoloso...»

«Sei una ragazza intelligente, Muriel», disse lui, guardandomi negli occhi. «Secondo te, è stata una scelta intelligente avventurarsi nella foresta da sola?»

I miei occhi caddero sul terreno. «No.»

«Muriel, guardami.» Non c'era nessuna seduzione, nessun tono gentile nella voce del mio compagno. «Vivi in mezzo ai Berserker, adesso, e devi comportarti come una compagna dei Berserker. Ti ho detto di restare vicina a me. Quando Wulfgar torna, ti dirà la stessa identica cosa.»

Non avevo bisogno di aggiungere altre preoccupazioni per quel guerriero gigante. «Devi dirglielo per forza?»

«Non gli nascondo nulla. E neanche tu dovresti. Sei la sua compagna.»

Il mio cuore sembrò cadere giù. Non volevo fare altro che avvicinarci ancora di più, e invece sembrava quasi che ci stessi allontanando di proposito. «Mi dispiace...»

Con un sospiro, Fergus aprì le braccia. «Vieni qui.» Quando mi sentii al sicuro nella sua stretta, lui continuò. «Ti perdono, ma devi fare ancora qualcosina per potermi dimenticare questa cosa.» Strinse i miei capelli in un pugno, spingendo leggermente la mia testa indietro. «Adesso ti punisco.»

Non c'era nessun tono giocoso, quella volta. Io deglutii. «O—okay...»

La mia testa sembrava correre all'impazzata mentre Fergus mi avvicinava al letto. «Togliti il vestito.»

Mi ero abituata a sentire quell'ordine; Fergus preferiva avermi nuda all'interno della capanna. Mentre mi liberavo del vestito, lui si sedette sul letto, cominciando a colpire le sue cosce.

«Sdraiati qui.»

Io esitai.

«È meglio se completiamo la tua punizione prima che arrivi Wulfgar. Altrimenti potrebbe pensarci lui.»

E quello era abbastanza per farmi coricare sulle sue gambe. Fergus mi aiutò a posizionarmi su di lui, tenendomi ferma in quella posizione.

«Che brava bambina», mormorò a bassa voce. «Questi schiaffi non sono per divertimento. Sono davvero una punizione.»

Io presi un respiro, il mio labbro inferiore tremante mentre stringevo le lenzuola cercando di non piangere. Ero arrabbiata e di malumore, non perché fossi preoccupata degli schiaffi, ma perché lo avevo deluso.

I primi colpi presero tutta la mia attenzione. Fergus mi schiaffeggiò forte, colpi che non avevano niente a che vedere con quelli dolci e soffici che aveva utilizzato durante il nostro ultimo momento intimo.

«Questa punizione ti ricorderà di ascoltare le mie parole.» Il rimprovero di Fergus accompagnò i suoi colpi. Io chiusi gli occhi, stringendo i denti contro il bruciore. «Non ti allontanerai dalla nostra vista un'altra volta. Farlo è molto, molto pericoloso. Wulfgar ha vinto i giochi, ma il suo diritto ad averti è ancora contestato.»

Io alzai la mia testa a quelle parole, ma lui prese a darmi altri colpi forti ed io mi ritrovai costretta ad abbassare la testa, senza fiato. «È molto importante che tu non ti allontani. Promettimi che non lo farai mai più.»

«Lo prometto.»

«Altri dieci.» Gli ultimi colpi sembrarono più dolorosi di tutto il resto. La capanna risuonò del rumore degli schiaffi. Stringendo i denti, lasciai la mia testa penzolare e mi lasciai andare alle lacrime. Quando finì io restai in quella posizione, aspettando che fosse lui ad aiutarmi.

«Che brava, bravissima bambina.» Fergus mi baciò, accarezzandomi, spostandomi in modo tale da non far cadere il mio peso sul mio sedere dolorante. Anche con il mio corpo dolorante, non volevo altro che restare stretta tra le braccia del mio giovane guerriero. La stretta che sentivo al petto era andata via.

«La punizione è finita. Sei perdonata.» Fergus asciugò le mie lacrime con un pollice, che poi portò sulle mie labbra, accarezzandole fino a quando io non aprii la bocca per succhiarlo.

«Brava bambina» disse, la sua voce adesso roca, ed io tremai tra le sue braccia per un altro motivo. Quando provai ad alzarmi, lui si lamentò e mi tenne stretta, stringendo le braccia intorno al mio corpo. Io lo scansai senza nessuna reale forza. I suoi occhi brillavano di una luce innaturale, ed io sapevo che la bestia si stava godendo i miei tentativi falliti di liberarmi.

«Ti piace, punirmi.»

«Sì. Ma solo perché mi da piacere, vederti sottomessa in questo modo.»

«Da piacere al lupo?»

«Sì, al lupo piace dominarti, ma è alla bestia che piace il tuo dolore.» Strinse tra due dita una natica dolorante, ed io lo maledissi in silenzio. «E il tuo piacere. Vuole che dimentichi dove comincia uno, e dove finisce l'altro.»

Le sue dita scivolarono tra le mie labbra inferiori, ed io mi sentii prendere a fuoco. «Ti faremo sentire estasiata oltre ogni misura, e tu non farai altro che piangere, e pregarci di fermarci, molte, molte volte.»

«E voi lo farete?» chiesi, trattenendo il respiro quando due dita si spinsero nella mia entrata, pompando velocemente, svegliando ogni singolo nervo nel mio corpo.

«Mai. Noi siamo i tuoi padroni, e sappiamo cosa ti serve.»

Continuò a scoparmi con le dita fino a quando non mi ritrovai a pregarlo, poi si fermò e mi ordinò di leccargli le dita.

«Mi fermerò e alzerò le tue gonne di tanto in tanto. Per assicurarmi che sei bagnata e pronta per noi. Ti lascerò così, impaziente, pronta a pregare.»

Lui fece un cenno col capo verso i miei capezzoli turgidi.

«Stringili.»

Lo feci, e sentii i miei umori bagnarmi le gambe. Fiamme di calore sembrarono passare dai miei capezzoli alla mia vagina, ed io presi a muovere i fianchi dove ero seduta. «Per favore...»

«No», ridacchiò lui. «È meglio tenerti così, ad aspettare. Senti quanto sono duro» disse, poggiando il mio palmo sul rigonfiamento in mezzo alle sue gambe. «Adoro tormentarti, e sapere che desideri tutto di me.»

«Prendimi, Fergus» pregai. Il dolore che avevo provato

sul mio sedere non era niente in confronto a quello che provavo in mezzo alle mie gambe, in quel momento. «Fammi sentire che sono tua.»

«Tu sei mia. Mi appartieni, per sempre.» E proprio quando ero certa che mi avrebbe gettata sul letto e scopata, lui mi fece alzare sui miei due piedi. «Vieni. La punizione non è ancora finita.»

Mi fece stare ferma all'angolo della stanza. «A pensare a come ci obbedirai, la prossima volta.»

Io saltellai da un piede all'altro, ascoltandolo lavorare in mezzo alla stanza.

I minuti sembravano ore, ma io non mi girai mai fino a quando non mi chiamò lui.

«Wulfgar tornerà presto, amore. È arrivato il momento di cominciare il tuo allenamento.»

«Allenamento?» chiesi. Ancora nuda, strinsi le mani sul mio corpo. Lo sguardo che mi scoccò Fergus fu uno dei più maliziosi che gli avessi mai visto fare.

«Piegati in avanti sul letto.»

Io mi affrettai a fare come mi aveva ordinato.

«Che bellissimo culo. Non troppo piccolo, non troppo grande. E di un bel colore rosso. Apri le gambe, piccolina.» Io divaricai le gambe, aprendo la mia entrata. «Brava, bambina. E adesso divarica quel bel culetto con le mani, per me.»

«Fergus—»

Il suono del suo schiaffo su una di quelle due natiche mi portò ad affrettarmi ad obbedire. Rossa in viso per ciò che stavo per fare, divaricai le mie natiche, mostrandogli il mio ano.

«Questa sì che è una bella vista» disse Fergus, con tono soddisfatto e meravigliato.

La mia faccia si fece ancora più rossa, contro il letto.

Qualcosa di duro e inflessibile toccò la mia seconda entrata, spingendosi sempre più in avanti per allargarla.

«Questo è un plug. L'ho fatto io, apposta per le ragazze cattive. Lo indosserai ogni volta che disobbedisci. Lo terrai dentro per tutta la giornata, così ti allargherà abbastanza da permetterci di prenderti insieme.»

Io strinsi le pellicce sotto le mie mani. «Fergus... per favore...»

«Rilassati. Adesso prendi un bel respiro. E ora tiralo fuori.» Mentre lasciavo andare l'aria, lui spinse il plug completamente dentro di me. Quando la parte più grossa si fece avanti divenne meno spessa, e il dolore andò via.

«Ecco qui.»

Continuò a pompare, dentro e fuori, ed io mi lasciai andare ad un gemito sussurrato.

«Come ti senti?»

Io grugnì in risposta. Il plug dentro di me era strano, ma non brutto. I miei capezzoli erano come spuntoni appuntiti contro il letto.

«Toccati, Muriel.»

«Ti prego... non ci riesco...»

«Se non ce la fai, lo farò io.» Lui controllò le mie labbra, e rise. «Zuppa. Proprio come pensavo.»

«Non è giusto...»

Lasciò un bacio su una delle mie natiche. «È assolutamente giusto. Presto sarai in grado di tenerlo dentro dalla mattina fino alla sera.»

«Tutto il giorno?»

«Certo che sì. Così potremo prenderti entrambi in qualsiasi momento.»

Lui continuò a pompare il plug dentro di me. «Alzati, adesso, Muriel. Puoi succhiarmi il cazzo prima di continuare a fare i tuoi lavoretti.»

Io sospirai, sapendo che mi sarebbe stato negato il piacere fino a quella notte.

«Tienilo dentro fino a quando lo dico io, e sarai ricompensata.»

«Sì, Fergus.» Mi abbassai verso il suo cazzo, e non riuscii a nascondere il desiderio che avevo di prenderlo, mentre lo guidavo dentro la mia bocca.

CON IL PLUG fermamente piantato in mezzo alle mie natiche rosse, nascoste sotto il mio vestito migliore, salutai Wulfgar quando lo vidi oltrepassare la soglia di casa. Il guerriero enorme sembrava stanco, quelle linee farsi meno rigide quando mi vide avvicinarmi a lui con un corno pieno di vino. Lo prese in silenzio, bevendo, i suoi occhi su di me tutto il tempo.

«Grazie» disse, quando il corno fu vuoto. «Come stai, Muriel?»

«Bene, mio signore.» Dopo la mia punizione, avevo deciso che tornare alle vecchie formalità, almeno per quella sera, sarebbe stato meglio. Mi ero comportata come una brava bambina per tutto il pomeriggio, con Fergus. Avevo fatto il pane, avevo cucinato lo stufato, avevo pulito e sistemato il camino, e avevo sbattuto le pellicce. Il guerriero dai capelli rossi mi aveva dato un bacio sulle labbra, lasciando la cabina per andare a fare la guardia intorno al perimetro qualche minuto prima che sentissi Wulfgar avvicinarsi alla porta.

«C'è un buon odore, qui dentro.»

«Ho preparato la cena.» Mi scansai, mettendo il tavolo tra me e il guerriero gigante. La cabina sembrava sempre più piccola, quando lui era dentro. «È molto semplice.

Posso servirti, a meno che non dobbiamo aspettare per Fergus.»

«No, è richiesto da un'altra parte.» Dopo aver chiuso bene la porta, Wulfgar lasciò andare le sue armi sul pavimento, tutte meno che una spada, ferma sul tavolo.

«Ho sentito della tua piccola avventura, oggi», disse mentre si sedeva.

«Mi dispiace» sussurrai, chiedendomi se avesse deciso di punirmi anche lui, ma lui sembrò scacciare via la mia preoccupazione con un gesto della mano.

«So che ti sei già fatta perdonare. Spero che la castità ti sia servita da punizione per insegnarti.»

«Lo è stata, mio signore.»

«Bene. Non mi sorprende che ci fossero altri lupi ad aspettare nella foresta per poterti vedere. Sicuramente uno dei compagni di Siebold, che voleva spiarti per conto suo.» Si passò una mano sulla fronte, i muscoli delle sue braccia tesi. «Il branco è in subbuglio. È per questo che sono stato via per tutto il giorno. Gli Alpha mi hanno chiamato per mettere a posto alcuni dei lupi più ribelli.»

«Sei l'unico che può riportare l'ordine?» Con mani nervose, mi tenni occupata con il fuoco e la pentola dove c'era lo stufato. Mi ero abituata ad avere Fergus in mezzo tra me e Wulfgar. Le sue dimensioni ed il suo sguardo mi facevano ancora un po' paura.

«Gli Alpha hanno un grande potere sul branco, ma quando questo viene meno, è sempre meglio per loro avere un terzo guerriero che sia abbastanza forte per combattere con gli altri.»

«Gli Alpha mi hanno detto che ti chiamano "L'Esecutore".»

«Sì, Muriel... è così che mi chiamano.» Al tuo tono triste, io alzai gli occhi e lo guardai, tremante.

«Hai... hai dovuto uccidere qualcuno, oggi?» Non riuscii a fare a meno di far tremare la mia voce, ma cercai di fare del mio meglio per non addolcire la domanda.

«Non oggi. E neanche domani, almeno spero. Dipende tutto da quanto bene i guerrieri riescono a mantenere il loro controllo.»

«E tu sei mai in pericolo di perdere il tuo?»

«È passato tanto tempo dall'ultima volta in cui ho permesso alla mia bestia di prendere il controllo...» disse in un sussurro, e in un altro ancora più basso, quasi troppo basso per poterlo sentire, lui aggiunse, «Temo per il giorno in cui lo farà.»

«Io no» tirai fuori prima di poterci pensare. Mi morsi il labbro, ma lui mi stava già guardando, pronto a sentire la mia spiegazione. «Voglio dire... ho ancora paura della forza del guerriero che ha quasi ucciso Siebold. Sto ancora cercando di capire chi sei; le diverse parti di te, lupo, uomo, bestia. Ma per quello che so, tu non hai mai permesso alla tua bestia di fare del male a qualcuno a cui tenevi. Troveresti il modo di ucciderti, prima di permetterlo.»

Lui mi fissò, e il suo sguardo sembrò colpirmi con forza. Qualsiasi potere Wulfgar avesse, andava molto oltre quei muscoli e le sue abilità da guerriero. La magia dentro di lui gli permetteva di governare le persone con un solo sguardo, un solo pensiero. Ed io, intrappolata come un pesce nella rete, non potei fare altro che mantenere il suo sguardo.

Alla fine, ruppe il silenzio. «Vorrei che fosse vero... ma ho commesso i miei sbagli, in passato.» Sembrava voler continuare, ma poi inghiottì il resto della sua frase, frustrato. Quando alla fine abbassò lo sguardo, io cercai di non mostrare il mio sospiro di sollievo. «Sarà una buona cosa quando anche tua sorella verrà data in sposa, ma a quel punto dovremo trovare compagne anche a tutti gli altri. Chiedere a questi guerrieri di andare avanti ancora per molto senza una compagna... sarà morte certa. La bestia mangerà la loro sanità. Ed è un peccato guardare uomini buoni cadere. Uomini che erano una volta miei amici.»

Mentre avvicinavo il suo piatto a lui, gli presi la mano nella mia. Ancora presa dalla nostra conversazione intima, gli baciai le nocche ruvide.

«Andrà tutto bene, mio signore.»

Lasciai andare la sua mano, allontanandomi prima che lui potesse dire o fare qualcosa. Andando all'altro capo del tavolo, lo guardai attraverso i capelli, che nascondevano il mio viso. Il mio guerriero enorme non era bellissimo, ma c'era qualcosa in lui che mi piaceva davvero. E dal modo in cui anche lui mi guardava, sapevo che anche io soddisfacevo lui.

Lui fece cadere un pezzo di pane dentro lo stufato, grugnendo in approvazione. «Per la Luna, è bello tornare in una casa col camino acceso e un buon pasto.»

«Il branco non sa come cucinare lo stufato?», scherzai.

«Cacciamo e cuciniamo a fuoco aperto. Non c'è niente come un pezzo di carne sotto il Cielo stellato, ma dopo qualche secolo ci si stanca.»

Muovendomi con attenzione a causa del plug, mi sporsi sul tavolo di fronte a lui. Misi le nostre teste allo stesso livello, trovando in quel modo il coraggio. «Non potevate creare delle piccole capanne dove vivere?»

«Non ce lo siamo permessi, almeno fino al vostro arrivo. In passato, la bestia prendeva il controllo e distruggeva tutto quello che costruivamo.» Sospirò. «No, Muriel. È meglio per i Berserker vivere come bestie. Nessuna casa in cui tornare. Niente donne, o amici da mettere in pericolo. Ci accampiamo e cuciniamo come mercenari, sempre pronti ad andare in guerra. Anche se il nemico è la nostra stessa natura.»

«È... una vita dura» dissi, e fu il mio turno di parlare in tono triste.

«Sì, lo è. Ma sono contento di essere arrivato alla fine. Ed è per questo che ho fatto di tutto per vincerti, ai Giochi.» Alzando il corno, sembrò brindare a me. Quando svuotò il contenuto del corno, lo gettò dentro la ciotola che prima conteneva lo stufato. Poi prese la maglietta, gettandola via.

La vista dei suoi muscoli mi fece venire l'acquolina in bocca. Volevo far scivolare le mie dita su di essi, ed esplorare i suoi addominali scolpiti. Il mio sesso si fece immediatamente caldo e bagnato, al pensiero di toccarlo.

Wulfgar inclinò la testa, ed io sapevo che poteva annusare i miei umori.

«Vieni qui, piccolina.»

Mi andai a posizionare in mezzo alle sue gambe enormi. Per quanto fosse intimidita dalla sua stazza, notai che il mio cuore prese a battere più forte quando sentii le sue mani poggiarsi delicate sui miei fianchi, spingendomi più vicina. «Lo sai cosa amo più di un letto soffice e un pasto caldo?»

«Cosa, mio signore?»

«Una bellissima donna. La *mia* donna.»

«Sono certa che ti sei goduto tantissime belle donne, mio signore.»

Il dolore sembrò passare sul suo viso, aggrottando la sua fronte e la sua vecchia cicatrice. Ma prima che potessi chiedergli quale pensiero infelice gli avesse oscurato la mente, quella sua espressione era andata via.

«Ho occhi soltanto per quella tra le mie braccia.»

Arrossi immediatamente, abbassando la testa per permettere ai miei capelli di nascondere il mio viso. Essendogli così vicina, non c'era modo di nascondergli il mio desiderio.

«Ho sentito che Fergus si è messo a lavoro per prepararti per stasera.»

«Sì.»

«Ti ha messo il plug, non è vero?»

Io annuii, troppo sopraffatta per poter parlare.

«Mostrami, piccolina.» La sua sedia strisciò sul pavimento, andando indietro, dandomi lo spazio per obbedire.

Nonostante l'imbarazzo improvviso che provai, non mi azzardai a disobbedire. Girandomi, alzai il vestito e mi appoggiai sul tavolo. Lo sentii trattenere il respiro alla vista della mia seconda entrata già piena del plug. Mi morsi le labbra, e aspettai.

Quando alla fine arrivò il suo tocco, fu lieve e dolce come una piuma. Le sue dita strisciarono in mezzo alle mie labbra già bagnate, e le mie gambe presero a tremare. Sarei caduta a breve.

«Siediti su di me, piccolina.» Io cominciai ad obbedire, e lui mi fermò un attimo per prendere la mia veste. «Questa toglila.»

La feci scivolare oltre la mia testa. Ferma in piedi, nuda davanti a lui, provai con tutta me stessa a non sentirmi nervosa. Strinsi le mani a pugno, resistendo alla tentazione di far cadere i miei capelli sul mio viso, come se potessero nascondere anche tutto il resto.

I suoi occhi scivolare su e giù sul mio corpo, il suo sguardo sempre più acceso, quella luce ad appiccare un incendio dentro di me.

«Su di me, adesso.» Mi aiutò a tenermi a lui.

Nel momento stesso in cui la mia vagina calda e bagnata toccò il suo stomaco nudo, ansimai.

«Ti piace la sensazione?»

«Sì, signore.»

La sua risatina vibrò sul suo stomaco, facendo vibrare anche me, mandandomi scariche deliziose in tutto il corpo, fuori e dentro. Mentre il respiro si faceva più corto, la sua attenzione cadde sui miei seni nudi.

«Questi sono bellissimi» disse, le dita molto vicine ai miei capezzoli.

«Questi sono tuoi da toccare, ogni volta che ti va», gli ricordai.

Per un po' fece esattamente quello, divertendosi. Io mi sedetti più in fondo oltre i suoi addominali, pressando la mia intimità sui suoi muscoli duri.

Wulfgar strinse i miei capezzoli tra due dita, e i miei fianchi si mossero naturalmente, il mio centro a trovare il contatto che desiderava.

«Proprio così.» I suoi occhi si accesero immediatamente. Era Wulfgar l'uomo, o Wulfgar la bestia, quello che mi stava guardando? «Muoviti contro di me, prenditi il tuo piacere.»

Strinse i miei capezzoli un'altra volta, tra il suo grosso pollice e il suo indice. Tutto di noi era l'esatto opposto dell'altro. Era duro dove io ero morbida, grande dove io ero piccola, ma il desiderio che incendiava il mio corpo era tale e quale a quello che illuminava i suoi occhi dorati.

Mi mossi contro di lui, chiudendo gli occhi alla meravigliosa sensazione. La mia vagina pulsava, e i miei umori presto cominciarono a bagnargli lo stomaco, rendendo il mio movimento più semplice. Piccole scosse di piacere mi fecero tremare mentre mi muovevo.

«Sì», gemette lui, la voce bassa e roca. «Così. Usami, piccolina.»

Una sua mano trovò il plug, e con la punta prese a pompare avanti e indietro, tirandolo fuori e riportandolo dentro mentre il mio cuore si inarcava alla strana sensazione. Desiderio e imbarazzo mi presero nello stesso momento. Con il plug già dentro di me, sentii un bisogno ancora più grande di sentire anche la mia prima entrata piena.

«Oh, mio signore...»

«Chiamami Wulfgar.» I suoi denti trovarono il mio lobo, e diedero un morso leggero. I miei succhi gli bagnarono ancora di più lo stomaco. «Oggi verrai per me, Muriel.»

«Non posso», dissi, senza respiro. «Fergus ha detto che non ho il permesso di venire fino a quando non lo dice lui.»

«Fergus non è il tuo unico padrone» ringhiò Wulfgar. Tolse completamente il plug, che uscì fuori con un 'plop'. Prendendo le mie natiche con le mani, si alzò in piedi. Le mie gambe si strinsero intorno alla sua vita mentre lui mi portava sul letto. Una volta lì, lui si girò e si sedette di nuovo, con me ancora addosso a lui.

Si abbassò sul letto, il suo corpo a rilassarsi sotto di me, una meravigliosa pianura fatta di muscoli da esplorare. Misi le mani sui suoi addominali per tenermi dritta, e il suo cazzo si fece improvvisamente più grosso contro il mio sedere.

«Proprio così, Muriel», mi incoraggiò, ed io non ebbi bisogno di nessun'altra parola. Le mie piccole mani presero a tracciare ogni singola curva del suo enorme petto, accarezzando i suoi muscoli. Un giorno sarei stata coraggiosa abbastanza da baciare tutti i punti che le mie mani stavano esplorando. Sarei stata in grado di tracciare ogni singolo muscolo con la mia bocca e con la mia lingua.

Ma per quella volta, Wulfgar aveva altri piani.

«Su», disse, mentre mi prendeva dai fianchi e mi metteva esattamente sopra la sua faccia. Sussultai quando realizzai cosa voleva che facessi. La punta del suo mento mi solleticò le labbra inferiori, ed io mi allontanai. Ma le sue mani forti mi rimisero nella stessa posizione.

«Scopa la mia faccia, Muriel. Cavalcami.»

«Wulfgar», ansimai il suo nome, gemendo nel momento in cui la sua bocca si aprì e il getto caldo del suo respiro mi colpì l'intimità. I miei fianchi si mossero di loro spontanea volontà, cercando il piacere che mi era stato negato. La sua lingua entrò dentro di me ed io presi a muovermi più veloce, la testa indietro, il calore bagnato della sua lingua a farmi andare fuori di testa.

Il piacere mi scosse improvvisamente, partendo basso dal mio stomaco e poi scoppiandomi dentro. La mia schiena si fece rigida, la mia testa andò indietro, ed io presi a muovermi come una cavallerizza su un cavallo. Le mani di Wulfgar affondarono sui miei fianchi, tenendomi ferma sopra di lui quando capì che sarei presto caduta giù.

Quando alla fine mi mise giù sul letto, venendo sopra di me, la sua faccia era completamente bagnata.

«*Muriel*» sussurrò, ancora e ancora, guardandomi dalla testa ai piedi, le mani strette sui miei fianchi, un tocco delicato.

«Wulfgar...» sussurrai io di rimando, e la mia mano andò sulla sua guancia. Fu tutto ciò di cui aveva bisogno.

Entrò dentro di me, e le mie gambe si alzarono immediatamente per circondare il suo corpo massiccio per quanto potessero.

«Sì», gemetti ad alta voce, stringendo con le mani i muscoli delle sue braccia, chiedendogli di venire più vicino. Quando alla fine fu a pochi centimetri da me, io affondai le unghie sulla sua schiena.

Lui sembrò ululare, e la mia azione sembrò mandarlo fuori di testa. Prese a spingere il suo cazzo dentro di me ancora e ancora, andando sempre più a fondo, così forte e veloce che la capanna si riempì ben presto di nient'altro se non i nostri gemiti alti, il rumore bagnato della pelle che si schianta contro la pelle. Il mio intero corpo si lasciò andare al suo, i miei fianchi si mossero allo stesso ritmo dei suoi, incontrandoli a metà strada per raggiungere la fine della corsa insieme, piccole preghiere sussurrate a scappare dalle mie labbra. L'orgasmo mi prese più di una volta, portando le mie pareti a stringersi intorno a lui, onde di piacere interminabili che lo portarono avanti ancora, e ancora, e ancora.

«Wulfgar!» urlai senza fiato, ed un sorriso gli piegò le labbra immediatamente, come l'alba quando fa capolino dalle nuvole... lo spettacolo più bello che io avessi mai visto.

Alla fine, lui prese a spingere con violenza dentro di me, fino all'ultima volta, il suo corpo pesante a spingermi sul letto mentre gemeva per il suo stesso orgasmo. Gli accarezzai le spalle forti, godendomi la sensazione del suo corpo sopra di me. Al sicuro, al caldo e protetta tra le sue braccia enormi, gli lanciai un sorriso stanco ma felice, tracciando con le dita le sue labbra e i punti dove prima c'era stato il suo. Sbatté le palpebre, guardandomi come incantato, come fossi una creatura mandata da lui dalla Dea. Come se si fosse quasi aspettato di vedermi sparire.

Quando provò ad alzarsi, io gli strinsi il braccio. «Per favore, resta qui con me» sussurrai. Ricordai troppo tardi che forse lui preferiva non stare a letto con me, perché anche quando eravamo io e Fergus a fare l'amore lui restava sempre a distanza, e si assicurava di non toccarmi più del dovuto.

La mia felicità andò scemando a quel pensiero, e in un altro sussurro dissi, «Va bene se non ti va di farlo, però...»

«Non desiderio nient'altro che questo, Muriel», mi disse. «Ti sto facendo male?»

«No, mai» dissi, e quando sembrò aver bisogno di ulteriori rassicurazioni, io strinsi le mie gambe e le mie braccia intorno al suo corpo, stringendolo più forte a me, e chiusi gli occhi per concentrarmi nella meravigliosa sensazione del suo cazzo farsi più soffice intorno alle mie pareti. Lui si avvicinò ancora di più, le sue braccia ad incatenarmi al suo corpo, stringendomi forte come io stavo stringendo lui. Le sue labbra presero a mordere con lentezza e delicatezza il mio collo.

«Questa notte, ti marchieremo», mi sussurrò all'orecchio. «E sarai nostra, per sempre.»

Al tramontare del Sole, Wulfgar ed io andammo fuori ad aspettare Fergus.Il mio grande compagno mi diede il permesso di vagare per la radura, a patto che non mi addentrassi nel bosco.

La primavera era sbocciata nell'ultima settimana. La foresta era piena di uccelli canterini, foglie nuove e fiori che diffondevano il loro sottile profumo nel vento.

Al crepuscolo, Wulfgar prese la sua grande ascia e spaccò la legna. Mi sedetti su un ceppo e lo guardai mentre lavoravo al rammendo di uno dei miei abiti. Il movimento fluido dei muscoli della sua ampia schiena era uno studio affascinante. La mia vagina si contrasse alla vista, anche se il ricordo del nostro amore era così fresco e potevo sentire ancora la sensazione di lui dentro di me, come se mi avesse già marchiata.

Mi alzai e tornai alla capanna, controllando il pane e avvicinando la pentola dello stufato al fuoco. Mi ritrovai a camminare avanti e indietro sul porticato della capanna, impaziente che Fergus tornasse. Stasera i due mi avrebbero preso insieme in un'ultima reclamazione. Anche se le prove mi dicevano che non ero una degna compagna, avevo speranza. Forse sarei stata abbastanza soddisfacente da permettergli di tenermi più a lungo.

Un gufo volò su un ramo vicino. L'ampia apertura delle sue ali catturò il mio sguardo e mi girai, spaventata.

Rimasi ancora più sorpresa quando il gufo si trasformò in una donna, con capelli biondi e bianchi e un naso a forma di becco. Era bella, ma la sua bellezza era una corazza resistente che la circondava.

Prima che potessi gridare per Wulfgar, o sgattaiolare di nuovo nella relativa sicurezza della capanna, la donna disse: «Benvenuta, Muriel, compagna di Fergus e Wulfgar.»

Il mio cuore sussultò, e in un attimo capii chi fosse la persona che stavo guardando.

«Buonasera, Yseult», feci un piccolo inchino.

Le sue labbra si arricciarono.

«Sai quindi che sono entrambi miei compagni?»

«Lo so.» Lei inclinò la testa. «Vedo che il branco non sa ancora che ti condividono. Perché ti nascondono?»

«Dicono che dobbiamo lavorare sul nostro legame di coppia.»

«E in effetti dovreste, ma qui ci sono molti segreti che vengono nascosti.»

Lanciai un'occhiata a Wulfgar, ma non sembrava essersi accorto della presenza della strega. Strano che fosse così all'oscuro, ma immaginai che con l'incantesimo che Yseult aveva usato per venire da me, aveva anche mantenuto privato il nostro incontro. «Non volevo dirgli che ero preoccupata, ma anche loro sono preoccupati.»

«È per questo che mi hai evocata? Temi per il tuo legame di accoppiamento?»

«Temo che il branco cercherà di verificare se i miei uomini sono davvero i miei compagni.»

Yseult mi guardò senza battere ciglio come un gufo. Cercai di ricordare tutto quello che Sabine mi aveva insegnato su come trattare con una strega. Dovevo parlare chiaramente, dire la verità, e fare domande precise. Sbottai ciò che più temevo: «È vero che Siebold cercherà di reclamarmi?»

«Per una visione, ho bisogno di un pagamento. Un dono.» Per un momento la mia gola si fece troppo secca per parlare. «Sì», dissi, «qualsiasi cosa posso dare. Entro certi limiti.» Non era saggio fare promesse a tempo indeterminato con una creatura della magia.

«Una ciocca dei tuoi capelli.»

«Tutto qui?»

«Una parte di te non è una sciocchezza. Può essere potente, nelle mani giuste. Non la userò per scopi malvagi, te lo assicuro.» I suoi occhi luccicarono. «Almeno, non questa volta.»

Il mio petto si strinse immediatamente, come se il mio cuore all'improvviso avesse deciso di rifiutarsi di continuare a battere, ma mi ero già impegnata. Prima che potessi pensarci su, estrassi il pugnale e tagliai una ciocca di capelli. «È abbastanza?»

«È più che sufficiente.»

Allungai la mano, ma Yseult non si mosse. Invece, un corvo volò giù e mi strappò l'offerta dalle dita. Barcollai indietro, stringendo la mano al petto mentre il corvo volava su un ramo vicino.

«Grazie, Muriel.» Yseult sorrise, con un'espressione spensierata che sembrava una maschera sul volto. «Ho lanciato le rune prima di venire qui. Sì, devi legarti, o altri cercheranno di rivendicarti. Lotteranno per la tua mano.»

Mi massaggiai la mano dove il becco del corvo l'aveva colpita. «Non voglio che ci sia più violenza.»

«Ci sarà.» La voce di Yseult era bassa e ipnotica. «Solo tu puoi fermarla.»

«Come?»

Lei scrollò le spalle. «Devi assicurarti di diventare la loro compagna, a tutti gli effetti.»

«Mi prenderanno entrambi insieme, stanotte.»

«Questo è un inizio. Un ottimo inizio. Muriel, perché vuoi accoppiarti con loro?»

Guardai Wulfgar mentre lavorava a non più di duecento passi di distanza. Il sudore sulla sua schiena robusta e muscolosa brillava nella luce morente. «È mio dovere.»

«Solo quello?»

«Mi prendo cura di loro.»

«Anche di Wulfgar? Il bruto del branco?»

«Lui non è il bruto del branco» sibilai io, piccata. «E, sì. Anche di lui.»

Yseult la guardò incuriosita. «Allora forse vorrai sapere che dovete legarvi prima della Luna piena... altrimenti, altri nel branco proveranno a reclamarti per loro, a prenderti come compagna.»

«Tre giorni?» Potrei sedurli. «E... le rune hanno confermatoche è possibile per me accoppiarmi con loro?»

Yseult inclinò la testa. «Sai chi sei?»

Attorcigliai la stoffa del mio vestito tra le dita. «Sono Muriel di Alba.»

«Figlia di una guaritrice, che era figlia di una strega», aggiunse lei.

«Mia sorella Sabine è quella che ha il potere di guarire.»

«Tutte e quattro voi avete il potere delle guaritrici, una razza speciale di donne nate con una magia latente. Non proprio streghe, anche se potreste diventarlo. La vostra magia è naturale, terrestre.»

«Io non ho nessuna magia...» Il corvo sbatté le ali dal

ramo sopra le nostre teste, come per contestare le mie parole. Dopo tutto, avevo compiuto l'incantesimo per chiamare Yseult, e lei era qui.

«Tu hai dei poteri, Muriel. Non so quali siano, o se si manifesteranno. Tua madre aveva un grande potere, ma aveva paura di usarlo. Alla fine, si incatenò a un uomo debole e bevve fino a morire.»

«Lei ci ha cresciute.»

«Sì. E ora dovete decidere. Sceglierai l'amore o la paura?»

«Farò il mio dovere.» Dissi lentamente.

«Allora hai fatto la tua scelta.» Yseult si spolverò la spalla, e il corvo volò verso di lei e vi si posò, lasciando cadere la mia ciocca di capelli nella sua mano. «Per rispondere alla tua domanda, devi accoppiarti con i tuoi guerrieri, o altri nel branco cercheranno di ucciderli per rivendicarti.»

Il mio cuore ebbe un sussulto.

Yseult mi fissò con intensità. «Solo tu puoi fermare tutto questo, Muriel. Usa i tuoi poteri. E, un'altra cosa.» Si portò una mano alla bocca, nascondendo il suo sguardo compiaciuto. Le parole successive le sentii in una voce flebile, echeggiante, pronunciata direttamente nella mia testa.

Non dare mai a una strega un pezzo del tuo corpo. Permette loro di controllarti.

Era sparita in un lampo di luce che mi fece sobbalzare. Non rimase nemmeno il corvo. Strofinandomi gli occhi, rientrai barcollando nella capanna. Dal rumore della legna che veniva tagliata, Wulfgar era ancora al lavoro. Non si era affatto accorto della presenza della strega.

Decisi che era inutile preoccuparsi di ciò che la strega aveva detto sull'uso dei miei capelli. C'erano molti modi in cui avrebbe potuto farmi del male, se avesse voluto.

Non potevo nemmeno perdere tempo a chiedermi se

fosse possibile o meno per me essere una sposa Berserker. Con tre giorni, non c'era tempo da perdere. Per forzare il legame ed evitare di essere restituita al branco, dovevo sedurre i miei uomini.

Accesi il fuoco, schiacciai delle erbe e riempii la capanna di un odore dolce e inebriante. Poi disposi l'idromele e la carne sul tavolo, e dopo essermi lavata, strofinai la pelle con l'olio fino a farla brillare.

Poi mi stesi sul letto per aspettare i miei guerrieri. Non dovetti aspettare a lungo. Arrivarono a passo di marcia... e si fermarono sul posto.

Sorrisi a me stessa. Il mio corpo nudo brillava alla luce del fuoco, avevo solo i lunghi capelli castani come copertura. Mi ero voltata di spalle alla porta, angolandomi su un lato in modo che potessero vedere le mie natiche e la vita sottile, la linea della schiena che accennava curve più seducenti davanti. Con una gamba sollevata, potevo facilmente infilare la mano tra le gambe e toccarmi. Lo feci subito, preparando le mie pieghe per i miei uomini.

«Cominci senza di noi, ragazza?» Sentii stivali e vestiti colpire il pavimento.

«Mmhm», feci le fusa, guardandoli da sopra la spalla. Gli ultimi giorni mi avevano preparato alla vista di due uomini grossi e muscolosi che si facevano strada verso di me, il loro sguardo intento a banchettare con la mia carne.

«Toccarti è un nostro diritto.»

Io rotolai sulla schiena. I due peni dei guerrieri sporgevano in segno di invito. «Venite, rivendicatemi, allora.»

Si affrettarono ad avanzare.

«Ragazzina impertinente. Non devi toccarti senza il nostro permesso.»

«Neanche un po'?» chiesi con uno sguardo sensuale

mentre sollevavo la mano e mostravo i miei umori sulle mie dita. «Sono pronta per voi.»

«Non proprio...» Fergus si avvicinò, tenendo in mano il plug. Io scesi a pancia in giù con un finto gemito. Un duro schiaffo sul mio sedere mi fece guaire.

«Vieni, bimba.» Le mani mi tirarono di nuovo in posizione, metà sulla pancia e metà sul fianco con diverse pellicce raggruppate sotto di me. Fergus spalmò dell'olio tra le mie natiche prima di sostituire le sue dita con il plug scivoloso. «Sarai grata di essere stata allargata quando i nostri cazzi saranno dentro di te.»

Feci il broncio, ma afferrai una delle natiche e la sollevai per permettergli di accedere facilmente al mio buco posteriore. «Mi spaccherai in due.»

Fergussorrise, girando il dilatatore dentro di me. «Toccati, Muriel, mentre ti inculo con questo», sussurrò.

Mordendomi il labbro, obbedii. Fergus afferrò la mia gamba piegata, tenendomi ferma mentre spingeva il cilindro di legno nel mio orifizio proibito.

Mentre il plug si muoveva dentro e fuori, continuai a far volteggiare le dita contro il mio punto sensibile. La sensazione oscura era così sbagliata, eppure i miei capezzoli si indurivano e i luoghi segreti tra le mie gambe mi si stringevano con anticipazione.

Tenevo lo sguardo in basso, ma non potevo impedire che il rossore si diffondesse sul mio viso.

«Ti piace, Muriel?»

«No», negai, ma la bugia era chiara nella mia vita.

Fergus ridacchiò dolcemente. Amava dimostrare il suo potere su di me. «Ti insegneremo a venire solo con questo. Non smettere di toccarti, o verrai con il didietro rosso.»

Con un ringhio, Fergus si mosse. Mi sollevò con facilità e le mie gambe avvolsero il suo corpo duro.

«Cavalcami.» Fergus mi schiaffeggiò le natiche, spronandomi. Ancora e ancora le schiaffeggiò.

Feci come il mio uomo mi ordinava, e mi lasciai andare a movimenti sensuali, lasciando che i miei seni rimbalzassero selvaggiamente mentre inclinavo il mio corpo su e giù.

«Molto bene», disse Fergus. «Ma voglio vedere il plug.» Afferrandomi i fianchi, mi tirò lontano dal suo cazzo e mi girò a cavalcioni verso i suoi piedi.

Rimasi ferma, confusa, fino a che lui non scosse i fianchi, impalandomi di nuovo. Questa volta, mentre mi scopava dal basso, giocherellava col dilatatore, facendomi gemere. Mi sentivo più piena che mai, le mie parti intime deliziosamente stimolate.

«Presto io e Wulfgar ti prenderemo così, insieme.»

Wulfgar si avvicinò al letto, tirando il suo massiccio membro. «Cominceremo adesso.»

Si inginocchiò sul letto, e io mi piegai in avanti quasi a quattro zampe e presi Wulfgar in bocca come mi era stato insegnato. Ansimai intorno a lui mentre Fergus mi riempiva dal basso. Il giovane guerriero mi afferrò i fianchi e spinse verso l'alto in modo da farmi rimbalzare. Wulfgar mi stabilizzò.

«Prova questo.» Fergus cambiò posizione in modo da inginocchiarsi dietro di me per cavalcarmi da dietro. Quando si spinse in avanti, scivolai sul cazzo di Wulfgar, ingoiandolo ulteriormente.

Soffocai.

«Non così forte, fratello», Wulfgar mi cullò la mascella mentre mi prendevo un momento per tossire.

«Posso farcela», dissi quando ebbi ripreso fiato. «Sono pronta.» Spalancai la bocca, ma Wulfgar aspettò finché non fu sicuro che potessi prenderlo. Lentamente mi imboccò con la sua lunghezza, stringendo entrambi i lati della mia testa.

«Ora, fratello», Wulfgar diede il segnale ed entrambi iniziarono a muoversi. Delicatamente all'inizio, spingendo e rispingendo in momenti opposti, così da farmi muovere a dondolo tra loro.

Le mie mani strinsero le pellicce, il corpo diviso tra il concentrarmi sul piacere di Wulfgar con la bocca e il rimbalzare sul membro di Fergus.

«Rilassati, Muriel», mormorò Wulfgar. «Lascia che ti usiamo.»

La sua grande mano mi prese la spalla, un pollice mi accarezzò la guancia. Mi calmai e mi lasciai usare come un contenitore per i loro cazzi.

I loro movimenti iniziarono lentamente, cadendo in un ritmo facile. Ogni volta che Fergus spingeva nel mio buco bagnato, io ingoiavo Wulfgar più a fondo. I loro grugniti riempivano la cabina. Mormorai intorno al cazzo di Wulfgar e lui imprecò e sospirò. Le sue mani mi presero la mascella, attutendo il mio mento mentre cominciava ad accelerare le sue spinte.

Fergus sbatteva dentro di me sempre più forte. Dentro di me, sensazioni di piacere si arricciarono sempre più strette, pronte a scattare. Il mio corpo cominciò a tremare.

«È pronta», disse Wulfgar sopra di me. Alzai lo sguardo, notando in quel momento i canini che spuntavano da oltre le sue labbra, pronti a mordermi la carne. Avrei portato la cicatrice per sempre. «È il momento.»

Cambiarono posizione. Wulfgar si sdraiò sulla schiena con il suo membro pronto. Fergus mi guidò a cavalcioni del grande guerriero, poi mi spinse a filo del suo petto. Liscio come l'olio dalla mia bocca, quel cazzo gigante scivolò facilmente nella mia vagina.

Wulfgar mi prese il mento. Alzandomi la testa, mi baciò a lungo e con forza. La sua lingua si immerse in profondità.

Dietro di me, Fergus tolse il plug.

Con le sue dita spalmò qualcosa di lubrificante intorno l'ano, stimolandomi e aprendomi ulteriormente, mentre io ansimavo nella bocca di Wulfgar. Il mio sedere si sentiva stranamente vuoto.

«Perfetto» annunciò Fergus. Con due mani ferme che tenevano le mie natiche aperte, mise il suo pene nel mio canale posteriore e spinse dentro.

«Oh, ti prego, ti prego», gemetti. La grande circonferenza di Wulfgar e la lunghezza di Fergus premevano nella mia mente, scacciando ogni pensiero dalla mia testa tranne la sensazione dei loro uccelli che invadevano il mio corpo. Tremavo tra di loro.

«Sh», disse Wulfgar, mentre Fergus imprecava sopra di me.

«Per la luna, Muriel. Sei la dea incarnata.»

Premendo la fronte sul collo di Wulfgar, cominciai a tremare. I miei uomini mi avevano messo in mezzo a loro, impalata sui loro cazzi. Riuscivo a malapena a muovermi, tanto meno a pensare.

«Stai bene, tesoro?» Wulfgar mi accarezzò i capelli e li usò per tirare la mia testa all'indietro per guardarmi.

«Mmm», risposi. Il suo viso si increspò in un sorriso.

Sbattei le palpebre un paio di volte prima di trovare la voce. «E adesso?»

«Ora», mi rimboccò la testa contro i muscoli raggrumati della sua spalla. Le sue labbra trovarono il mio orecchio mentre le sue grandi braccia mi avvolgevano per stabilizzarmi ulteriormente. «Ti scopiamo.»

I suoi fianchi cominciarono a muoversi, a falciare dentro e fuori la mia intimità. I liquidi gocciolavano.

Sopra di me, Fergus mi afferrò la vita e cominciò a scivolare dentro e fuori di me.

Chiudendo gli occhi, mi aggrappai a Wulfgar. Tutto quello che potevo fare era resistere e ricordarmi di respirare mentre i miei uomini mi usavano per il nostro piacere.

Mi cullarono tra di loro, portando il mio corpo a conoscere sensazioni che mai avrei immaginato di provare nella mia vita.

L'orgasmo scoppiò dentro me e continuò con onde incredibilmente potenti. Il piacere continuò a salire, a salire attraverso di me, portandomi a cadere subito dopo. Proprio quando mi ripresi, le sensazioni cominciarono a salire di nuovo. Dei suoni sfuggirono dalla mia gola, ansimi incoerenti e gemiti che sembravano portare i miei uomini alla frenesia.

Fergus spingeva dentro di me sempre più forte, i suoi fianchi sbattevano sul mio sedere. Wulfgar mi tirò i capelli, portandomi la testa di lato. Mi mise i denti sulla spalla e il dolore mi annebbiò la mente, facendomi perdere la ragione.

«Sì», gemetti. «Fatemi male. Sono vostra.»

Ma i denti non mi perforarono mai la pelle, e in un attimo sentii mancare il dolore che avevo sperato potesse mischiarsi con il piacere. Il mio corpo tremava.

Strinsi i miei buchi con forza, e Fergus venne, rovesciandosi su di me. I grugniti di Wulfgar mi dissero che anche lui aveva raggiunto l'orgasmo.

Il corpo ancora vibrante, aspettai come senza spina dorsale sull'ampio corpo del mio amante, il mio corpo completamente gelatina... ma i denti non si avvicinarono più.

Fergus mi baciò la schiena ed entrambe le natiche, solleticandomi con la sua faccia barbuta prima di crollare accanto a noi sul letto.

La sua mano trovò la mia e vi si intrecciò. Il calore mi inondò.

«E il legame?» Provai a chiedere, ma le mie parole uscirono in un borbottio incomprensibile.

Una risatina fragorosa mi scosse. Wulfgar mi spinse i capelli dalla schiena e mi accarezzò la pelle con le sue mani ruvide.

«Dormi, piccolina.»

Borbottai di nuovo, ma la sua voce e i suoi tocchi calmanti erano potenti come una corrente d'aria prolungata e drogante, così mi addormentai.

L'ARIA gelida mi soffiò sul viso e mi contorsi.

«Freddo»,grugnii piano.

«Resta a letto, piccola. Fergus tornerà presto. Era il suo turno di prendere la legna.»

Wulfgar si chinò su di me per rimboccarmi con una grande veste di pelle prima di risistemarsi accanto al fuoco.

Mi morsi il labbro,evitando di chiedergli perché continuasse ad evitare di restarmi accanto sul letto.

La mia intimità doleva piacevolmente, un bel ricordo degli eventi della notte passata. I miei uomini mi avevano preso completamente. Yseult avrebbe approvato.

Eppure non mi avevano ancora reclamata. Mi toccai le spalle e mi accigliai.

Wulfgar era arrivato così vicino a marchiarmi, e poi si era tirato indietro. Perché? Cosa avevo fatto di male?

Le ombre giocavano sul volto del grande guerriero mentre beveva da un corno e guardava il fuoco.

Fergus entrò, il suo respiro era come vapore.

«Sta venendo giù duro là fuori.» Si spolverò la polvere

bianca dalle spalle e batté i piedi. «Ho accatastato altra legna sul portico, al riparo dalle raffiche.»

«Neve in primavera?» Mi misi a sedere e mi tirai la vestaglia d'orso intorno alle spalle. Le punte rosse delle guance e del naso di Fergus mi fecero sorridere.

«Ci sono state raffiche fino a tarda estate in questa parte del mondo.» Wulfgar porse al fratello guerriero il corno per bere.

«Questa non è solo neve, è una tempesta», disse Fergus. «Prima, mentre tornavo a casa, ho sentito un odore strano nel vento. Dev'essere stato il vento invernale che spinge.»

Rabbrividii di nuovo. Yseult era venuta a trovarmi nel tardo pomeriggio. Fergus aveva sentito il suo odore? La sua presenza magica aveva disturbato il tempo?

«Hai freddo, piccolina?» Fergus si avvicinò a me, sfregandosi le mani. «Posso pensare a un modo per riscaldarti.»

«Fergus, no, hai la neve addosso...»

Il giovane guerriero si fermò e si spogliò dei suoi vestiti. In un lampo, si era trasformato nel lupo rosso. Una forte scossa fece volare il resto dei fiocchi che si stavano sciogliendo. Sfrigolarono sul focolare e Fergus saltò sul letto. Con la lingua in fuori, si sdraiò per metà su di me.

«Sei bagnato!» protestai. «E pesante.»

Mi leccò la faccia subito dopo, facendomi annaspare. Dopo un minuto, dovetti ammettere che la sua mole e la sua pesante pelliccia mi scaldavano.

Wulfgar si sedette a guardarci con un piccolo sorriso.

«Vieni a letto?» Lo invitai.

Lui scosse la testa. «Devo andare di pattuglia, piccolina.»

«Sicuramente la neve terrà lontani i nostri nemici.»

«Non è per questo che pattuglio, Muriel. La mia bestia non ama gli spazi ristretti...»

«Ma...» Guardai Fergus in cerca di aiuto, ma lui si limitò a guardarmi con occhi tristi da lupo e sospirò.

Wulfgar impugnò la grande ascia e scivolò fuori dalla porta, lasciandomi intrappolata sotto un lupo gigante che dormiva.

Dormii profondamente, sentendo nei miei sogni l'eco delle voci dei miei uomini, anche se Wulfgar era sparito per tutta la notte e Fergus era sotto forma di lupo.

«Il legame, lo senti?»

«Non ancora, Piccolo Rosso.»

«Pensavo che si sarebbe formato una volta presa insieme.»

«Forse dopo qualche notte. Lo farà presto.»

Mi svegliai con una ritrovata determinazione di formare il legame.

Fergus era cambiato in uomo mentre dormiva. Come al solito, si svegliò affamato.

«Mmm», mi sfiorò il collo.

«Fergus, mi fai il solletico.»

I suoi denti mi sfiorarono le spalle e io chiusi gli occhi.

La porta sbatté e Wulfgar incombeva su di noi.

«Basta così, fratello», ringhiò Wulfgar a Fergus.

Con i suoi canini allungati, i denti di Fergus sembravano malvagi. «Stavo solo per dare un piccolo morso.»

«Non ancora» disse Wulfgar.

Sospirai e mi afflosciai di nuovo sul letto. Dovevo conquistare il mio gigantesco compagno.

«La tormenta è finita?» chiese Fergus mentre Wulfgar si accovacciava davanti al fuoco.

«È finita ieri sera tardi. C'è neve un po' dovunque, ma la

giornata si sta già riscaldando. Entro mezzogiorno sarà in gran parte sciolta.»

«Tempo strano», disse Fergus, e Wulfgar grugnì il suo accordo.

«Se il fiume si ingrossa, potremmo dover lasciare la capanna e cercare un terreno più alto.»

«Sarà ora di tornare al branco, presto.» Fergus mi guardò, in modo eloquente.

Resistetti all'impulso di coprirmi le spalle. Una notte di scopate ed ero ancora senza marchio. Cosa avrebbe detto il branco? Le mie sorelle e tutti avrebbero saputo che avevo fallito come sposa Berserker.

«Visto che siamo bloccati dalla neve...» Fergus afferrò la veste che mi copriva e me la sfilò. Gridai, tirandola per coprire la mia pelle nuda.

«Fergus, fa freddo!»

«Bene...» Tenne la vestaglia fuori dalla portata. «Cosa mi dai in cambio?»

«Un bacio.» Misi il broncio.

«Molto bene. Vieni a baciarmi, allora.»

Tuffandomi di nuovo sotto le coperte offerte, mi dimenai per affrontare Fergus.

«Buongiorno», sorrisi, intrecciando le braccia intorno al suo collo.

«Buongiorno, piccola», disse lui, baciandomi.

Mi staccai e raggiunsi Wulfgar. «Vieni a sdraiarti con noi», invitai.

Lui sorrise e si alzò. Tenni la mano tesa mentre lui si stirava e si spogliava degli stivali e dei vestiti.

Nel frattempo Fergus mi stava baciando lungo il collo. Rotolai via da lui, con le braccia incrociate sui seni.

«Non sono ancora la vostra compagna, vero?»

«Sei qualunque cosa noi diciamo tu sia.»

«Fergus...», iniziai a protestare, ma non potevo discutere con i suoi ferventi baci premuti lungo la curva della mia spina dorsale. La sua piccola barba mi solleticava la pelle, facendomi rabbrividire, pronta per baci in un altro posto.

Come se conoscesse i miei pensieri, mi afferrò una gamba e mi fece girare.

«So cosa voglio mangiare per colazione.»

«Fergus, no... non ho fatto il bagno.» I miei uomini mi avevano ripulito come meglio potevano, ma i miei stessi succhi si mescolavano al loro seme.

«Hai il nostro odore», la barbetta di Fergus mi raschiava il sedere. I suoi denti mi diedero un morso e io urlai.

Wulfgar si sedette e io mi arrampicai fino a lui, strisciando sul suo grembo.

Non sorrise apertamente, ma i suoi occhi si stropicciarono e mi fece mettere a cavalcioni su di lui.

Feci scorrere le mani sulle sue grandi spalle, stringendo i muscoli di granito. Le sue dimensioni e il suo profumo di maschio mi fecero fremere le parti interne. «Cosa vuoi fare questa mattina?»

Il grande guerriero prese una manciata dei miei capelli e li strinse pensieroso. «Te», disse. «Voglio farmi te.»

Con una mano tra i miei capelli e una che mi teneva ferma l'anca, si spinse dentro di me.

La mia testa cadde all'indietro, le mie unghie scavarono nelle sue braccia per la presa. Attirandomi più vicina, mi sfiorò il collo. Bagnata e pronta, la mia vagina si strinse intorno a lui mentre aspettavo che lui mi reclamasse.

«Marchiami», sussurrai. «Per favore.»

Il desiderio si accese sul suo viso, seguito dalla preoccupazione. «Non ancora.»

«Per favore. Lo voglio. Dobbiamo legare.»

I suoi fianchi sobbalzarono una, due volte, e poi mi sollevò dal suo membro e mi allontanò.

Fergus mi prese i capelli e li usò come guinzaglio per tirarmi verso di lui.

«Stai pensando al legame e non a compiacerci? Ragazzina cattiva.» Mi ritrovai sul suo ventre. Mi sculacciò il sedere fino a farmi strillare. Nessuno degli schiaffi faceva veramente male, e la mia vagina gocciolava su tutta la sua gamba.

Fermandosi, controllò tra le mie gambe. «Bagnata fradicia. Questo non ti insegnerà a riflettere. Dovremo pensare a una punizione peggiore.»

«Fallo», ringhiò Wulfgar.

Con un pugno duro nei miei capelli, Fergus mi tirò indietro la testa. L'altra mano mi cullò la gola: «Ti piacerebbe, Muriel? Posso darti un assaggio della frusta. Può bruciare un po', ma può anche darti piacere.»

I miei occhi si fecero improvvisamente pesanti, ma il mio corpo era inondato dal desiderio. «Sì, per favore. Frustami, marchiami, fammi tua.»

Nell'occhio della mia mente mi vidi distesa davanti a loro. Usando una frusta fatta di morbidi fili di pelle di cervo con un'estremità legata in un manico, Fergus mi fustigò avanti e dietro finché la mia pelle fu rossa e striata. A quell'immagine così eccitante il mio corpo tremò per il piacere travolgente.

E solo così venni, respiro erratico e ansimante.

«Sporcacciona. Non te li meriti, i nostri cazzi.»

«Per favore», pregai. Accovacciata a quattro zampe, alzai il sedere e abbassai la testa, offrendomi come una cagna in calore.

Quando mi guardai indietro, entrambi i miei compagni avevano gli occhi dorati scintillanti.

Poi Wulfgar scosse la testa.

«Pensaci tu, qui, Fergus» disse. «Devo andare. Gli Alpha mi stanno chiamando.»

E senza neanche darmi il tempo di dire una parola, in un secondo Wulfgar fu fuori dal letto e dalla porta di casa.

Ed io mi sentii incapace di fare altro: lasciai andare la mia posizione, e accucciandomi a me stessa, cominciai a piangere.

«Ehi, piccolina... perché stai piangendo?»

«Perché lo voglio. Lo voglio! Voglio legarmi a entrambi... Voglio voi.»

«Lo farai, dolcezza. Perché non ti fidi di noi?»

«Perché non è ancora successo. E se non succedesse mai?»

«Sh, adesso smettila con questo discorso, bimba. Tu ti preoccupi troppo.»

L'avvertimento della strega era sulla punta della lingua, ma decidi di stare in silenzio. «E se non riuscissi a legarmi a te? Ho paura. Non sono come Brenna o Sabine.»

«La tua natura sottomessa ti rende una sposa perfetta per noi. Sei tanto, tanto brava, ma timorosa. Speriamo, col tempo, di rompere il tuo guscio e far uscire la vera Muriel.»

«Io sono la vera Muriel», sbuffai.

«Non mettere il broncio, tesoro», Fergus mi tirò i capelli. «Tutto questo pensare al legame non ti farà bene. Il legame si forma qui», posò una mano sul mio cuore, proprio dove c'era il malessere. «Quando sarà il momento giusto, lo sentirai.»

A meno che non potessi legarmi del tutto. Lo scossi per non piangere. «Sta già finendo il giorno. Posso uscire oggi?»

«Sì, ragazza. Fuori è abbastanza caldo adesso per poter uscire.»

Fuori, un gruppo di alberi era esploso in fiori bianchi,

come per festeggiare il passaggio della bizzarra tempesta di neve. Ne colsi i rami per farne una ghirlanda floreale, mentre Fergus giocava in forma di lupo tra le pozzanghere di fango.

Venne da me, con il pelo bagnato e sporco, e io indietreggiai.

«No, no. Non voglio sporcarmi. E faresti meglio a lavarti nel ruscello prima di rientrare nella capanna», rimproverai prima di tornare ai miei fiori.

Piccola Muriel. Sempre a fare il suo dovere.

Mi voltai, ma c'era solo il lupo rosso, che ansimava felicemente. Eppure avevo sentito la voce di Fergus chiara come il giorno.

Forse la magia della strega persisteva ancora, o ero diventata una fata come Fleur, per sentire cose che nessuno diceva.

Avevo finito la ghirlanda, e ne avevo iniziata un'altra che avrei fatto mettere al collo del lupo di Fergus, una promessa che avevo fatto per tenere le sue zampe infangate lontane dal mio abito, quando i cespugli si mossero all'improvviso. Un lampo di bianco, e barcollai indietro appena in tempo per evitare che un lupo gigantesco mi portasse a terra.

«Fergus!», urlai. Con una folata di magia, il lupo bianco si trasformò in un guerriero Berserker con le sopracciglia pesanti e una scossa di bianco che attraversava il suo pelo altrimenti scuro.

Fergus mi tirò indietro, mettendosi tra me e l'intruso.

Un secondo lupo si unì al primo e si trasformò in un guerriero con la stessa folata di vento e un crepitio stomachevole di pelle e ossa mutevoli. I due erano nudi, tranne che per un perizoma e una pelle di lupo sulle spalle. I loro occhi brillavano, ma non avanzavano. Mentre aspettavamo, i cespugli dietro di loro si agitavano per l'avvento di un terzo lupo.

«Muriel, presto, vai dentro e sbarra la porta. Non devi uscire», sussurrò Fergus.

«Che sta succedendo? Fanno parte del tuo branco?»

«Non ti preoccupare di questo. Resta dentro, non ti faranno del male.»

I due guerrieri in attesa rimasero in silenzio. Un soffio di vento sollevò il bordo delle mie gonne, e Siebold uscì a grandi passi dalla foresta. A parte una cicatrice rosso vivo che gli tagliava il petto, il biondo era guarito dalle gravi ferite riportate in battaglia.

Solo due giorni, ed era venuto per me. La strega si sbagliava.

«Muriel, dentro. Adesso.»

«No, Fergus, è qui per me...» Gli afferrai il braccio. «Ti faranno del male.»

«Muriel», ringhiò. «Ascoltami.»

«Bene bene, guarda qui dov'è il piccoletto. E dove si trova l'Esecutore?»

Sorridendo, Siebold si avvicinò e raccolse la corona di fiori che avevo lasciato a terra.

Nudo, a parte un perizoma, Fergus mantenne il suo corpo tra me e il biondo.

«Wulfgar mi ha messo come guardia. È a caccia.»

«Farà meglio a fare attenzione che la sua cagnetta non si allontani. Altrimenti un altro lupo potrebbe rapirla.»

«Muriel, per l'ultima volta, vai dentro» disse Fergus.

«No, non ti lascerò.» Mi appoggiai alle sue spalle. *Wulfgar, ti prego, vieni*, pregai.

«Come va con l'Esecutore? Ti ha già fatto del male?»

«Non rispondere», ordinò Fergus. «Non puoi parlare direttamente con lui se non c'è Wulfgar.»

«Sai cosa ha fatto Wulfgar all'ultima donna che è stata con lui?» Siebold e gli altri tre si aprirono a ventaglio, girando in cerchio ora, cercando di trovare un'entrata. «Vuoi che te lo dica, Muriel? Sei abbastanza coraggiosa da sentire la verità sul tuo futuro compagno?»

«Non ascoltarlo» disse Fergus, e le mie dita si strinsero sul suo braccio.

«Sei accoppiata con un lupo che uccide le donne con cui va a letto. L'ultima volta che Wulfgar è stato con una donna, ha perso il controllo della sua bestia e le ha spezzato il collo. Dovresti pregarmi di appellarti agli Alpha. Se sei fortunata, ti ascolteranno e ti daranno a me.»

«Preferirei morire piuttosto che stare con te, Siebold» replicai di scatto, ignorando l'avvertimento di Fergus. «Wulfgar è dieci volte più guerriero di quanto tu non sarai mai.»

Siebold ringhiò.

Fergus ringhiò a sua volta.

«*Basta!*» con un ruggito e un impeto di potenza che mi fece rizzare i peli delle braccia, Wulfgar entrò a grandi passi nella radura. Ignorando gli intrusi, catturò il mio sguardo e scosse la testa verso la nostra dimora. «Nella capanna, Muriel. Ora.»

Alzai le gonne e corsi. Fergus mi seguì, fermandosi a metà strada tra la capanna e i guerrieri nemici. Scivolando all'interno, accostai la porta lasciando uno spiraglio.

Siebold e i suoi compagni ora circondavano Wulfgar. Il guerriero gigante rimase fermo in un punto. Con uno sbadiglio, si stiracchiò, il collo si spezzò come per la trasformazione. «Sei venuto a sfidarmi di nuovo? Le percosse davanti all'intero branco non ti sono bastate?»

Il pelo spuntò lungo le braccia di Siebold mentre la sua bestia prendeva il controllo, ma il suo volto rimase quello di un uomo. «Ho sorpreso la tua compagna a sgattaiolare via senza di te. Se la spassava con il piccoletto. Se non riesci nemmeno a metterla in riga. Perché dovresti essere il suo compagno?»

«La mia compagna passa il tempo con chi io permetto» rispose Wulfgar. Sembrava perfettamente a suo agio, le mani lungo i fianchi, il corpo in bilico sulle punte dei piedi.

«Gli permetti di avvicinarsi a lei? Se la condividi con il piccoletto, forse la condividerai con il resto del branco.»

Prima che Siebold smettesse di parlare, sfrecciò in avanti. Wulfgar ringhiò, un suono basso e agghiacciante che mi districò la spina dorsale.

Siebold si fermò.

Wulfgar lo indicò, e quello che disse uscì fuori in un sussurro ghiacciato e tremendo. «Ti conviene stare lontano da questo posto, altrimenti davanti agli Alpha il branco ti guarderà morire. Gli Alpha mi permetteranno di ucciderti per aver violato il mio territorio e aver minacciato la mia compagna.»

«Non è finita qui», sputò. Facendo un cenno ai suoi compagni silenziosi se ne andò.

E così com'era cominciata, era finita.

Mi allontanai dalla porta, pulendomi i palmi sudati sul vestito.

Fergus entrò per primo nella capanna e avanzò verso di me, con gli occhi dorati che bruciavano.

«Ti ho detto di andare dentro. Perché non hai fatto come ti ho detto?»

«Ti avrebbero fatto del male. Non potevo permettere che accadesse.»

Con un calcio poderoso, mandò il secchio dell'acqua a schiantarsi contro il muro. Io sussultai. «Non è tuo dovere impedirmi di combattere Siebold!Dovrei essere io a proteggerti!»

«Ma tu non sei abbastanza forte...», dissi. «Siebold è più grande e ti odia. Vuole ucciderti. Non capisci? Non posso permettere che accada.»

La faccia di Fergus divenne rossa, ed in un secondo mi resi conto dell'errore che avevo fatto nel dire quello che avevo detto. Più di quanto potessi immaginare, avevo appena ferito il mio compagno.

La porta quasi si staccò dai cardini quando Wulfgar la aprì ed entrò, con gli occhi dorati e selvaggi. Mi indicò. «La prossima volta che Fergus ti ordina di entrare, tu ci vai, immediatamente. Capito?»

«Una bella strigliata la farà obbedire», grugnì Fergus.

Incrociai le braccia sul petto. «Puniscimi. Sculacciami, frustami, se devi. Volevo solo vederti al sicuro.»

«Che c'è, Muriel, hai intenzione di combattere le mie battaglie al posto mio?» ringhiò Fergus.

Mi rivolsi a Wulfgar. «Siebold mi ha accusata di essermi intrattenuta con Fergus a tua insaputa. Dovevo fare qualcosa.»

«Quello che dovevi fare era obbedire», disse Wulfgar a bassa voce. Rimase vicino alla porta, il suo corpo teso dalla rabbia. «Fergus può gestire Siebold. Tu no.»

«Perché Siebold avrebbe detto al branco che ti ero infedele? Non sanno che tu e Fergus avete un legame fraterno?»

E bastò leggere lo sguardo colpevole sui loro volti, per capire finalmente la verità. «Loro non lo sanno... non è vero? Il branco non sa che voi due siete legati. Ecco perché nessuno mi ha avvertito che mi sarei ritrovata con due compagni.» Mi rivolsi a Wulfgar. «Sapevano che avresti vinto tu. Wulfgar il grande guerriero, l'Esecutore. Nessuno poteva opporsi a te. Nessuno sapeva che sarei finita con due compagni invece di uno.» Mi girai per affrontare Fergus. «E tu hai fatto amicizia con me. Mi hai sedotta fin dall'inizio. Perché non mi hai detto del tuo legame?»

«Doveva essere un segreto.»

«Avremmo dovuto dirtelo, confidarci con te», disse Wulfgar. «In circostanze normali, avremmo potuto corteggiarti e conquistarti.»

«Ma non potevamo» disse Fergus. «Ti prego, cerca di capire. Volevo dirtelo, ma trovare un modo per stare con te era più importante.»

«Più importante che dirmi la verità?»

Il suo mento si sporse in fuori. «I giochi erano la nostra migliore possibilità e tenere nascosto il nostro legame ci ha dato un vantaggio.»

«Eppure vi fa male», dissi, senza mezzi termini. «Sareste più forti se non teneste il vostro legame segreto al branco.»

La fronte di Wulfgar si corrugò, non capendo come potessi sapere ciò che avevo detto. «Forse. Ma per ora lo terremo tra noi.»

«Cosa te lo fa pensare, Muriel?» Chiese Fergus.

«Non lo so. Non importa...» Mi passai una mano sul viso, desiderando di poter cancellare gli eventi della giornata con la stessa facilità. «Vorrei averlo saputo prima. Avrei potuto scegliere te.»

«Cosa?», parlarono insieme i miei due guerrieri.

«Alla fine, gli Alpha mi hanno dato la possibilità di scegliere. Ed io non l'ho fatto, perché avevo paura di gettare i branchi nel caos. Ho lasciato perdere la mia occasione. Se l'avessi saputo, avrei potuto scegliere voi due, e Siebold potrebbe non essere all'altezza di questi trucchi.»

«Abbiamo fatto quello che pensavamo fosse meglio», disse Wulfgar a bassa voce.

«Così come io dovrei fare il mio dovere. Non funziona sempre per tutti», scoccai, non riuscendo a tenere l'amarezza fuori dalla mia voce. La capanna era improvvisamente troppo piccola per noi tre. Andai a mettermi davanti al fuoco a fissare le fiamme.

Non importava che non si fossero fidati di me. Non importava che il mio destino fosse nelle mani di uomini che conoscevo appena, e che non mi permettevano di aiutarli perché pensavano che non potessi farlo. Sabine e Brenna erano lodate nei branchi per il loro coraggio e la loro forza. Ogni giorno che passava, diventava sempre più chiaro che non ero adatta ad essere una compagna Berserker.

«Tutta questa situazione è sbagliata», dissi senza mezzi termini. «Avete tenuto nascosto il legame non solo al branco, ma anche a me. Tra compagni non si hanno segreti. Non perché non vogliono, ma perché non possono. Potete comunicare da mente a mente, vero?»

«Riceviamo pensieri, impressioni di sentimenti» disse Wulfgar. «Quando capita, sentiamo la nostra voce riecheggiare nella nostra testa. Non tutto. Ma la maggior parte delle cose può essere condivisa, sì.»

«Dovete fidarvi di me...», dissi. «Se credete davvero che io abbia abbastanza coraggio per essere vostra, allora dovreste trattarmi da pari. Proteggermi dove sono più debole, ma fidandovi di me e confidandovi con me, così come voi chiedete a me di fare. Non dovrebbe essere una strada a senso unico.»

«Hai ragione, Muriel.» Il tono dolce di Wulfgar mi disse che la sua bestia si era ritirata. «Ci dispiace per quello che abbiamo fatto. Ti chiediamo scusa.»

Wulfgar venne al mio fianco, e io angolai il mio corpo in modo da affrontare entrambi i miei uomini. «Concesso.»

«Abbiamo aspettato così a lungo una compagna... stiamo ancora imparando cosa significa», aggiunse Fergus.

«Io ti amo. Ho amato poche cose nella mia vita, perché

era più sicuro essere al riparo.» Nel mio cuore pregai che fosse sufficiente. «Temo che il mio amore non sarà sufficiente. Devo legarmi a voi, o Siebold vi sfiderà di nuovo per me.»

«Chi ti ha detto questo?»

Esitai prima di ammettere: «La strega.»

«La strega?» Wulfgar si spinse in avanti, ringhiando. «Mi sembrava di aver sentito l'odore di lei e della sua razza...» Le sue mani mi cercarono. Mi strinse il mento e inclinò la testa, scorrendo lungo le braccia e il torso, si assicurò che non ci fossero segni. «Si è avvicinata? Ti ha toccata?»

«Perché è apparsa? Ha intenzione di fare del male?» Chiese Fergus a Wulfgar, che grugnì.

Spostai le mani preoccupate di Wulfgar. «No, non ha cattive intenzioni. L'ho evocata io.»

Il silenzio e tutta l'aria lasciarono la stanza.

«È stato semplice. Sabine mi ha insegnato l'incantesimo. Ero preoccupata di non avere magia, ma quando ho fatto il rituale, Yseult è venuta.»

Riuscii a malapena a incontrare gli sguardi agghiacciati dei miei guerrieri.

«Perché l'hai fatto?»

"Volevo sapere cosa dovevo fare per legarmi a voi.» Mi strinsi tra le braccia. Le mie interiora si sentivano miserabili. «Ho pensato che potesse guardare il futuro e dirmi l'esito del nostro accoppiamento.»

«Muriel...» Wulfgar mi afferrò di nuovo le spalle, con attenzione. «Cosa le hai dato in cambio di questa conoscenza?»

«Una ciocca di capelli. Mi sembrava un piccolo prezzo.»

Il gigante tirò un respiro, e chiuse gli occhi.

«Mi dispiace. Non l'avrei fatto se non avessi avuto paura.»

«Muriel...», Fergus scosse la testa. «Ti sei messa in pericolo. Hai agito alle nostre spalle...»

«Io devo legarmi a voi!», gridai. «Ho solo fino alla Luna piena. Le rune dicono che Siebold ti sfiderà per me, Fergus. Può sostenere che non sei stato tu a vincermi, ma solo Wulfgar. Ti combatterà e ti ucciderà.»

«Sei così sicura? Davvero credi che io non abbia alcuna possibilità in quel confronto?»

«Fergus...», tesi le mani, una supplica silenziosa. «Se lo avessi potuto affrontare e sconfiggere, perché non l'hai fatto nei Giochi?»

Non avrei potuto sferrare un colpo più forte con i miei pugni. Fergus mi affrontò con la sua espressione selvaggia. «Tu non credi che io sia abbastanza bravo. Non credi che io sia degno di essere il tuo compagno.»

A bocca aperta, guardai Wulfgar in cerca di aiuto.

«No, Fergus, sei tu che non credi di essere abbastanza forte da meritare Muriel» disse dolcemente il grande guerriero.

«Forse non lo sono. Ma vorrei almeno avere la possibilità di dimostrarlo.» Fergus imprecò. «Segreti, bugie e mancanza di fiducia. C'è da meravigliarsi se non riusciamo a legare?»

Presi a stringere le mani. «Per favore, basta. Io non... Stai travisando le mie parole. È colpa mia se non ci siamo legati.»

«Non è solo colpa tua», disse Fergus. «Ti prendi troppe responsabilità, Muriel.»

«È il mio dovere!»

«*Dovere*», sputò lui, deluso. «Hai mai pensato che, forse, la bestia vorrebbe che tu ti accoppiassi con noi per amore, invece che fottuto *dovere*?»

«Non avresti dovuto agire alle nostre spalle, Muriel. Abbiamo bisogno che ti fidi di noi», disse Wulfgar.

Guardai da guerriero a guerriero. «Punitemi, allora. Ci sono molte cose che devo scontare.»

«Non è così semplice. Non c'è punizione sufficiente a riconquistare la fiducia persa.» Fergus scosse la testa e si allontanò.

Io lo seguii. «Ti prego, non lasciarmi. Stavo cercando di essere coraggiosa, di essere in gamba. Stavo cercando di proteggerti!»

Fergus si voltò verso di me per darmi un ultimo colpo di coda: «Mi togli l'onore, Muriel. Avresti dovuto lasciar perdere.»

La porta sbatté dietro di lui, e in un attimo era fuori di casa.

7

Wulfgar mi passò accanto, accucciandosi vicino al camino per far rivivere la legna. Continuava a tenere la schiena verso di me, le sue spalle larghe tese, come in attesa di un altro attacco.

Quando si alzò, pulendosi le mani, io mi azzardai a chiedere, «Mi stai lasciando?»

«No. Non verrai più lasciata sola.»

«Puoi fidarti di me...»

Lui non rispose. Invece, prese un pezzo di pane e un pezzo di carne, e andò verso la porta. «Buonanotte, Muriel. Se hai bisogno di me, sarò fuori dalla porta.»

«Per favore, vieni a letto...», lo implorai invece. «Per favore, stringimi.»

«No, piccolina. Non posso permettermelo.»

«È a causa di quello che ho fatto?»

«No», soffiò. D'un tratto, mi sembrò completamente sconfitto.

«È perché... perché hai paura di farmi del male?»

Lui non rispose. «È vero, allora, ciò che ha detto Siebold? Riguardo l'ultima donna con cui hai condiviso il tuo letto?»

«Non è una storia che voglio discutere con te...»

«Per favore», lo pregai, nonostante sentissi il freddo stringersi attorno al mio cuore. «Non voglio più che ci siano secreti tra di noi.»

Lui sospirò. «D'accordo», disse. «È vero. Tempo fa mi sono innamorato di una donna. Io e lei siamo stati insieme. E, una mattina, mi sono svegliato e lei giaceva al mio fianco, morta. Siebold lo sa, perché è stato lui a trovarci.»

Io sussultai, coprendomi immediatamente la bocca. «Dimmi che non è vero...», sussurrai.

«Vorrei tanto dirti che non lo è», disse. «Ho fatto così tanto per assicurarmi che tu non mi temessi... ma forse è questo che vuole, la mia bestia. La tua paura, la tua obbedienza.» Le sue dita tracciarono la lunghezza del mio corpo, stringendosi lentamente sulla mia gola.

Io rimasi ferma immobile, il battito del mio cuore sulle sue dita.

La sua stressa si allentò immediatamente, la sua mano cadde lungo il suo corpo. «No», disse, girandosi velocemente. «Speravo che, legandoci, la mia Bestia si placasse. Ma mi stringe ancora tra le sue grinfie.»

«Resta con me», lo supplico. «Io voglio aiutarti.» Allungai la mia mano verso di lui.

«Non dovresti fidarti di me, Muriel. Nemmeno io mi fido di me stesso.»

«Per favore...»

«No. Non dire più nulla, Muriel. Non so più come andare avanti per questa notte. Sono stanco.» Si fermò alla porta prima di uscire, parlando da sopra la sua spalla. «Prova a riposare, piccolina. Io sarò proprio fuori dalla porta.»

La porta si chiuse subito dopo, cigolando dopo di lui.

Ed io rimasi a letto, troppo stordita anche per piangere. Una settimana sola, e avevo già fatto a pezzi qualsiasi tipo di legame che c'era stato fino a quel momento tra me e i miei compagni. Io e Wulfgar non avevamo ancora superato le nostre reciproche paure, e Fergus, il mio primo amore, a malapena adesso riusciva a guardarmi negli occhi.

Che cosa avevo fatto?

Quando si fece l'alba, afferrai una pelliccia e mi alzai dal letto, sedendomi davanti al fuoco morente, sentendomi troppo debole per riaccenderlo. Quel giorno avremmo dovuto andare dal branco. Fergus e Wulfgar si meritavano di essere felici... ed io non potevo dare loro quella felicità. Li avrei liberati, avevo deciso durante la notte. Sarei andata dagli Alpha, e avrei detto loro di dare la possibilità ad entrambi di trovare qualcun altro. Cosa sarebbe successo a me non importava. Potevano mettermi da parte, darmi a Siebold, qualsiasi cosa... perché, in ogni caso, avevo capito, non sarei mai stata abbastanza per essere una degna compagna dei Berserker.

Fergus mi trovò davanti a tronchi carbonizzati, stretta con le braccia al petto alla mia pelliccia. Aveva delle ombre scure sotto gli occhi, e l'aria stanca, molto simile alla mia.

Avrei voluto alzarmi, avvicinarmi a lui... ma troppo spaventata di ricevere un rifiuto, mi costrinsi a stare ferma sul mio posto, e piuttosto chiesi: «Dov'è Wulfgar?»

«Stavo per chiederti la stessa cosa... non riesco a raggiungerlo.»

La mia testa prese immediatamente a bruciare, come se qualcuno mi avesse dato un colpo. La mia mano volò sulle mie tempie, e nello stesso momento Fergus fece lo stesso. Il dolore, all'improvviso, si fece più forte, ed io mi ritrovai a gemere dal dolore.

«C'è qualcosa che non va. Dobbiamo andare dagli Alpha.»

«Non possiamo! Siebold sarà lì ad aspettarci, e vorrà sfidarvi per vincermi.»

«Non abbiamo scelta. Se io e Wulfgar veniamo divisi, entrambi diventiamo più deboli.» Allungò la mano verso di me, e con voce soffice, le sue parole successive furono comunque un comando. «Andiamo, Muriel. Mi obbedirai, stavolta.»

E prendendo la sua mano, pregai la dea che tutto andasse per il meglio. Nel momento stesso in cui la pelle delle nostre dita entrarono a contatto, parte del dolore sembrò attenuarsi all'improvviso. E anche se lui non disse niente, il modo in cui le sue dita si strinsero alle mie mi disse chiaro che per lui era lo stesso.

In silenzio camminammo verso la montagna che il branco chiamava casa.

Più andavamo in alto, più il numero dei Berserker aumentava. La maggior parte di loro era in forma di lupo, e ci seguiva lentamente oltre la foresta.

Quando alla fine superammo gli alberi e arrivammo alla radura aperta di fronte una grande grotta, Samuel—il capo branco degli Highland—sedeva su un trono fatto di pietra, al centro di fronte un grande falò. Altri lupi oziavano lì vicino, al riparo nelle rocce enormi che chiudeva il grande spazio selvaggio e vuoto.

Due guardie si alzarono immediatamente quando ci videro arrivare, e io abbassai la testa per non incrociare il loro sguardo dorato proprio come mi era stato insegnato, mentre Fergus mi guidava tra di loro.

«Eccoli qui, gli amanti» sbeffeggiò Siebold, alzandosi dal suo posto.

Anche Samuel si alzò dal suo trono. «Fergus. Che sta succedendo? Lascia andare la mano di Muriel. Non è tuo diritto, toccarla.»

«Muriel, vieni da me» mi ordinò Daegan. Io non mi mossi dal fianco del mio compagno, stringendogli forte la mano. Avrei obbedito, sì, ma lui e Wulfgar soltanto. Non esisteva più nessun altro.

«Vedete questa infedeltà?», gridò Siebold. «Non stavo mentendo! La puttana se la fa con il cagnolino rosso, alle spalle di Wulfgar. Dov'è lui, eh? È lui il vincitore dei Giochi. Perché non è qui?»

La voce di Fergus, la potenza della verità che pronunciò, fece cadere il silenzio nella montagna.

«Io e Wulfgar condividiamo un legame.»

Ci volle qualche secondo, ma presto il mormorio cominciò all'interno del branco, e dal suo trono, Samuel si fece avanti. «Com'è possibile che abbiate un legame?»

«Come sapete, sono diventato un Berserker quando Wulfgar mi ha salvato la vita. Da allora il legame si è formato, consolidandosi dopo esserci salvati a vicenda.»

Siebold sbuffò. «Se ciò che dici è vero, allora hai tenuto il segreto nascosto al tuo branco per molto tempo. Avremo bisogno di Wulfgar per averne conferma. Se sei legato a lui non avrai problemi a chiamarlo. Fallo, e lui verrà.»

«Wulfgar è stato attaccato. È ferito. Siamo venuti qui per chiedervi aiuto per lui.»

«Menzogne! Stai mentendo, cane bastardo!» urlò Siebold. «Se Wulfgar è ferito sarà soltanto perché tu e il Premio avete cospirato contro di lui per ucciderlo e stare insieme!»

La stretta di Fergus tra le mie dita si fece più forte, ma io non feci altro che imitarla. In un attimo, la rabbia che lui sentiva sembrava scorrere tra le mie vene come fosse mia.

Quando parlò, la voce di Fergus uscì fuori in un ringhio sussurrato. «Se vuoi sfidarmi, Siebold, ti conviene farlo adesso, e ti conviene essere chiaro a riguardo. Se sei così incapace di accettare di aver perso Muriel e vuoi sfidarmi per provare a prenderla, non hai bisogno di cercare trucchetti per portare gli Alpha a farci combattere. Abbi le palle di cominciare la battaglia tu stesso.»

Siebold sollevò immediatamente l'ascia, mettendosi in avanti, pronto a combattere, quando la mano di Daegan immediatamente si poggiò sul suo petto.

«Fermo, Siebold», ordinò Samuel. «Non ci sarà nessuna battaglia fino a quando non sarò io a dirlo. Fergus, ci sono prove di questo legame fraterno?»

«Posso confermarlo io», dissi immediatamente. «Fergus e Wulfgar condividono tutto. Me compresa.»

«Un Berserker non condividerebbe mai la sua donna con un altro, a meno che l'altro non sia un fratello. Non ci riuscirebbe», confermò Daegan.

«Lei mente per lui!» ruggì Siebold. «Dovreste punirla! I compagni devono essere fedeli l'un l'altro per mantenere l'ordine del branco. Alpha, dovete frustar—»

«*Zitto!*» La voce di Samuel riecheggiò per la montagna. «Fergus. Chiama Wulfgar tramite il vostro legame. Se viene, sappiamo che dici la verità. Altrimenti Muriel sarà punita... e il tuo destino sarà purtroppo più oscuro del suo.»

Tutti i lupi sembrarono calmarsi immediatamente al sentire le parole di Samuel, tranne le due guardie dietro di noi. Il vento oltre le rocce si fece all'improvviso l'unico suono nella radura.

La fronte di Fergus era imperlata di sudore. «Alpha... ho provato a chiamare Wulfgar. Come ho detto quando siamo arrivati, c'è qualcosa che non va. È privo di sensi... e temo che sia ferito.»

«Ho provato anche io a mettermi in contatto con lui», disse Samuel. «Se è ferito, può appellarsi alla magia del branco per guarire più in fretta.»

Fergus abbassò lo sguardo. «Temo che gli sia stata tesa un'imboscata. E se il mio timore è vero, ho paura che la bestia abbia preso il controllo», disse. «Non voglio che la sua mancanza di controllo contagi il branco.»

«Se siete accoppiati con Muriel, come può la bestia aver preso il sopravvento?»

Con gli occhi fissi sul terreno, strinsi il labbro fra i denti fino a sentire il sapore metallico del sangue.

«Perché non abbiamo ancora compiuto il legame di accoppiamento.»

«Siebold ha allora il diritto di sfidarti per provare a vincerla. Anche se Wulfgar ha conquistato la tua mano, tu non l'hai fatto. E il fatto che non abbiate completato il legame rende le cose più difficili.»

«È colpa mia...» sussurrai, troppo piano per poter essere normalmente sentita. Ma nel silenzio della radura, ogni singolo lupo drizzò le orecchie alle mie parole. «Non ho i poteri che hanno le mie sorelle. Non sono in grado di completare il legame.»

«Muriel», sussurrò Fergus, stringendo le mie mani. Un ammonimento.

Ed io ricambiai la stretta, e parlai comunque, alzando la voce. «Io li amo. Li ho scelti» dissi, girandomi a guardare Fergus e accarezzando il suo viso, la linea ruvida e barbuta della sua mascella. Le lacrime mi rigarono immediatamente le guance. «Mi dispiace di non essere abbastanza.»

«No, piccolina. Non è vero. Va tutto bene» mi sussurrò, stringendomi tra le sue braccia. Io sotterrai il viso sul suo petto, lasciandomi andare alle lacrime.

«Per quanto tempo permetterete a questi traditori di continuare questa farsa davanti ai vostri occhi?»

«Stai zitto, Siebold» disse Daegan. Eppure, nello stesso tempo Samuel ordinò, «Separateli. La sua angoscia sta influenzando il branco. Ognuno di loro scenderebbe in battaglia per te, Muriel. Ma non sanno contro chi e per cosa combattere.» Il suo tono non era severo, eppure io mi sentii comunque stringere lo stomaco.

Delle mani ruvide mi afferrarono di colpo, allontanandomi da Fergus.

«No!» urlai, cercando di lottare contro di loro senza successo.

«Non toccatela» ringhiò Fergus, dandomi immediatamente una gomitata al lupo che aveva cominciato a portarlo via da me. Immediatamente, altri guerrieri gli saltarono addosso, nascondendolo in un groviglio, impedendomi di vederlo. Non riuscivo a smettere di piangere e dimenarvi.

«Fermatevi!» ordinò Samuel. «Non posso proteggervi se continuate a combattere.»

Il ruggito che arrivò in quel momento sembrò scuotere l'intera montagna. E se non fosse stato per il fatto che il mio cuore si sentii improvvisamente al sicuro a quel suono, anche io mi sarei ritrovata a tremare insieme a tutti gli altri.

«Basta.»

Wulfgar spuntò dalla radura, zoppicando. Mi ci volle un secondo, un attimo solo, il tempo di vederlo e i miei piedi si piantarono su quelli del guerriero che mi stava tenendo, troppo impegnato a guardare Wulfgar per occuparsi come avrebbe dovuto di me. In un attimo ero libera, e senza perdere tempo presi subito a correre verso il mio guerriero.

«Wulfgar!» urlai, piangendo, gettandomi immediatamente sopra il suo corpo.

Era interamente coperto di terra e fango. Aveva un

occhio gonfio, e la testa sembrava completamente livida. Il suo braccio destro sembrava rotto, eppure lui non esitò ad alzarli entrambi per stringermi forte a sé.

«Wulfgar, che cosa è successo?», chiese l'Alpha.

«Un'imboscata. Dei lupi mi hanno attaccato da dietro, intrappolandomi dentro una caverna durante il mio viaggio di ritorno dalla mia compagna e dal mio fratello guerriero.» Le sue dita toccarono la fronte, e immediatamente il suo viso si contorse in una smorfia di dolore. «Mi sono svegliato lontano, sulla montagna, e cominciando a zoppicare per tornare indietro mi sono fermato solo quando ho sentito il legame del branco.» Le sue mani scesero ad accarezzare il mio corpo tremante, e il suo naso si distorse in una smorfia, l'espressione improvvisamente nera. Quando parlò, le sue parole uscirono in un ringhio. «Chi è che si è permesso di toccare la mia compagna?» chiese, alzando la testa per fissare il branco. I lupi presero ad indietreggiare.

«Chi ti ha attaccato?», chiese Daegan, fermo in mezzo a Fergus e Siebold. Alcuni guerrieri tenevano ancora stretto Fergus dalle braccia, una lama contro la sua gola.

«Non sono riuscito a vedere. Mi è stato coperta la testa con un sacco. Non ho dubbi che sia stato qualcuno che pianifica da giorni di togliere me e il mio fratello guerriero di mezzo per rubare la nostra compagna», ringhiò, stringendomi a sé prima di guardare Fergus. E quello sguardo sembrò riecheggiare per tutto il branco, perché Samuel immediatamente disse, «Liberatelo.»

Wulfgar abbassò il viso, i suoi occhi su di me. «Perché stai piangendo, piccolina? Chi ti ha fatto del male?» mi chiese, e nei suoi occhi riuscivo a vedere quella luce, quel *bisogno* di uccidere chiunque avesse provato a toccarmi. Per la prima volta da quando ero stata legata a lui, quella luce mi fece sentire protetta invece di farmi paura.

Però scossi il capo, abbassando lo sguardo. «Non sono degna di essere la vostra compagna... mi dispiace così tanto di avervi deluso.»

Wulfgar sospirò. «Non c'è niente da perdonare.» Con un movimento veloce, sistemò il braccio fino a qualche momento prima rotto, poggiandolo poi sulle mie spalle. Anche il suo occhio sembrava già migliorato.

«Questo non cancella la mia sfida, Alpha», urlò Siebold. «Wulfgar potrà anche aver vinto Muriel, ma Fergus non l'ha fatto. Esigo una nuova sfiga. Il *cucciolo* deve dimostrare il suo valore se vuole che io gli permetta di reclamarla.»

La rabbia sembrò scorrere tra me e i miei compagni nello stesso momento. Per un attimo, il pensiero mi fece perdere il respiro.

Ma sapevo che non poteva essere...

«Vieni a prendermi, allora» lo sfidò Fergus, mettendo le mani davanti a sé in segno di sfida.

Samuel ringhiò immediatamente, riportando il silenzio. «Calmatevi», tuonò. «Wulfgar. Accetti Muriel come tua compagna?»

«Sì», ringhiò Wulfgar.

«Wulfgar» sussurrai io, stringendo la sua pelliccia. «Dovresti liberarti di me. Potresti prendere mia sorella, o qualcun'altra, qualcuna che possa darti il legame che—»

«Sh, piccolina. Non c'è niente che tu non possa darmi e nessun'altra che sceglierei, se non te. Se mi chiedessero di scendere in battaglia per vincere la tua mano ogni giorno, io mi alzerei e gareggerei ogni giorno per te. Farei qualsiasi cosa per tenerti al mio fianco.»

Appoggiai immediatamente la fronte contro la sua, sentendo le lacrime scendere di nuovo. La sua mano prese ad accarezzarmi i capelli mentre diceva, «Muriel è mia di diritto. Io e Fergus condividiamo un legame fraterno. L'abbiamo rivendicata entrambi.»

«Ed io combatterò per difendere il mio diritto su di lei», ringhiò Fergus.

La mia mano si strinse su Wulfgar un'altra volta. «Ti prego... devi—»

«No, Muriel», mi zittì lui, la voce nient'altro che un sussurro. «Fidati dei tuoi compagni.»

Siebold camminava intorno al falò, in mano la sua ascia. «Sei sicuro di quello che dici, *cuccioletto*? Io sono uno dei guerrieri più forti in questo branco. E tu sei il più debole.»

«Sono sicuro» disse Fergus, inchiodando gli occhi su quelli di Siebold. Poi sputò a terra. «Sei uno dei più forti solo perché credi di esserlo, Siebold. Ma la convinzione non è mai stata la realtà.»

«Fergus, hai sfidato Siebold ad una lotta per la supremazia» annuncia Samuel. «La battaglia avrà luogo domani, di fronte all'intero branco. Il vincitore si prenderà Muriel.»

Io mi strinsi su Wulfgar. «Che succede se perde?» sussurrai inorridita. «Andrò a Siebold?»

Wulfgar strinse di più la presa su di me. «Lo ucciderò prima di permettergli di toccarti, Muriel. Tu sei mia. Non vai da nessuna parte, se non sei con me.»

«Che cosa succederà a Fergus?» chiesi. Siebold si aggirava ancora intorno al fuoco, ringhiando di tanto in tanto al lupo rosso, che era rimasto in silenzio.

«Siebold non gli mostrerà la stessa pietà che io ho mostrato a lui nei giochi. Domani, Fergus deve vincere la battiglia. Altrimenti morirà.»

8

A rrivammo di nuovo alla cabina per l'alba. Wulfgar mi portò in braccio, nonostante tutte le mie proteste per camminare da sola.

«Sei ferito.»

«Non sono così debole da non riuscire a portarti. E fa bene al branco, vedere che posso prendermi cura della mia compagna», mi aveva detto. Ma nel momento stesso in cui eravamo rientrati a casa, io mi ero messa a correre per prendere le mie erbe e le mie bende.

«In quanti ti hanno attaccato?» chiese Fergus, il tono freddo e arrabbiato.

«Sei», sospirò Wulfgar, trattenendo poi il respiro mentre estraevo un artiglio rotto dalla sua schiena. «Facevano tutti parte del nostro branco.»

«I codardi non potevano sfidarti per il dominio, e allora ti hanno attaccato da soli!»

«Tutta questa storia è una follia» dissi, tamponando la ferita. Si stava già richiudendo. «I Giochi avrebbero dovuto fermare questo tipo di cose...»

«Non è così facile smettere di combattere per te» mi

spiegò Fergus, sedendosi sulla sedia, le braccia incrociate sul suo petto.

«Non dovreste...» A malapena riuscivo a deglutire. «Potrei andare da Siebold e dirgli—»

Entrambi i miei guerrieri si alzarono immediatamente, ringhiando.

Io mi tirai indietro, stringendo le mani le une contro le altre. «Per favore... voglio solo aiutarti. Farei qualsiasi cosa per assicurarmi che tu sia al sicuro, amore mio» dissi, guardando Fergus negli occhi con tutta la sincerità che riuscivo a tirare fuori. Il suo volto era una maschera di pietra.

«Di tutto... come consegnare te stessa ad un guerriero che sarà crudele? Che ti farà del male?»

«Rispondi, Muriel», mi esortò Wulfgar.

Io abbassai gli occhi. «Ti ucciderà...»

«E solo per evitare questo, accetteresti di essere la sua compagna? Cosa ti fa pensare che riusciresti ad andare da lui, che Siebold riuscirebbe a prenderti tra le sue grinfie, senza prima averci ucciso? Perché questo è l'unico modo in cui lui potrà averti, Muriel.»

«Per favore...», implorai.

«Basta», disse Wulfgar, improvvisamente stanco. «Finiamola con questi litigi tra di noi.» Io mandai giù la mia angoscia alle sue parole. Ci restava soltanto una notte per completare il legame. «Dovremmo pensare piuttosto a legarci.»

«Dovremmo anche pensare alla sua punizione» disse Fergus, ma un'occhiata ai suoi occhi e capii che mi aveva perdonato per ciò che avevo detto.

Wulfgar mi sollevò i capelli dalle spalle e premette le labbra sul mio collo. Poi avvolse le braccia intorno a me, e il suo tocco divenne presto l'unica cosa in grado di impedirmi di rompermi in mille pezzi.

«Vi prego» li supplicai. «Punitemi. Frustatemi. Me lo merito.»

«Ti puniremo, sì. Ma non come pensi. Niente frustate, niente punizioni davanti al branco. Ciò che faremo rimarrà tra di noi, e tu ricorderai questa notte per sempre. Non dimenticherai mai più a chi appartieni. Non piangere più, adesso, Muriel.» Wulfgar mi asciugò il viso con le bende che avrei dovuto usare sulle sue ferite.

Io fermai la sua mano, raccogliendole. «Queste mi servivano per te», sussurrai.

Lui mi mostrò il suo corpo insanguinato: le ferite si erano già richiuse.

«Sono già guarito. La mia magia è forte. Siamo più forti di quanto tu creda, Muriel... e c'è un legame, tra di noi. Devi imparare a fidarti, di noi... ma soprattutto di te stessa. Puoi farlo?»

Io abbassai lo sguardo. «Ci posso provare.»

«Brava bambina» dissi, ed io sentii il mio cuore sciogliersi. Le sue braccia mi strinsero più vicina al suo corpo, le sue labbra mi accarezzarono la fronte. Fergus era ancora in piedi con le spalle rivolte verso di noi. La sua frustrazione gli piegava le spalle, ed io riuscivo a sentirla.

«Fergus» lo richiamò Wulfgar, piano. «Ha bisogno di sapere che tu la perdoni. Vieni qui.»

Lui sospirò prima di girarsi, estendendo le mani verso di me. «Vieni qui, bimba.»

Io andai da lui, e lui immediatamente mi fece salire sulle sue gambe. «So che mi ami, Muriel. So che vorresti soltanto vedermi al sicuro. Per me è lo stesso. Però io sono prima di tutto un guerriero. Ci hai chiesto di darti fiducia, piccolina... ma quella stessa fiducia che chiedi, ho bisogno che tu la dia a me.»

Io annuii. «Lo so. Hai ragione. Scusami», dissi. «Accetterò qualsiasi punizione pensi sia giusta.»

Fergus non fece altro che stringermi più forte tra le sue braccia. Poi mi asciugò le lacrime con i pollici. «Adesso, però, smettila di piangere.»

Io annuii prima che Wulfgar parlasse di nuovo.

«Spogliala, Fergus», ordinò. «Dobbiamo prepararla.»

«Stasera metteremo alla prova il tuo legame con noi, Muriel», mi disse Fergus.

«Ma noi... non abbiamo nessun legame.»

Fergus scosse la testa. «Noi condividiamo un legame d'amore, Muriel, a prescindere dalle regole del branco. E se non riesci a vederlo, stanotte lo sentirei.» Fergus mi spogliò, ed il mio corpo immediatamente si protese verso le sue mani, grato di sentirle su di esso.

«Sei bellissima» mi disse, accarezzando il mio ventre.

«Pronto?» chiese Wulfgar.

«Non proprio» rispose il suo compagno, inclinando il viso con un sorrisetto malizioso. «Tieni le mani dove le metto, Muriel. Altrimenti le lego.»

Immediatamente, la sua bocca si poggiò sui miei capezzoli, succhiandolo fino a farli diventare gonfi e turgidi, alzandoli più in alto che potevano. Strinsi le mani dietro la schiena, cercando di non toccarlo. Poi annuì verso Wulfgar.

«Molto bene. Qualsiasi cosa accada stasera, Muriel, noi abbiamo bisogno che tu ti fidi completamente. E abbiamo bisogno che tu obbedisca.»

Io annuii. «Lo farò», promisi.

La porta si aprì con un cigolio proprio in quel momento, ed io afferrai immediatamente il braccio di Fergus. Ma, invece di Siebold come avevo temuto, dalla porta entrò nient'altri che Yseult. La strega.

«Che sta succedendo?» sbottai, incapace di fermarmi.

Fergus fece scivolare le mie mani sulle sue, stringendole. «Le abbiamo chiesto noi di venire, piccolina. Non devi preoccuparti. Questa sarà la tua punizione, e la tua prova. Vai a sdraiarti sul letto, adesso.»

Il cuore a battere a mille dentro il petto, obbedii al mio guerriero.

Wulfgar mi aiutò a stendermi sulla schiena, le gambe piegate su di loro e il sedere proprio a bordo del letto.

Yseult e Fergus presero a mormorare silenziosamente tra di loro.

«Pensi che si possa fare?» stava chiedendo Fergus mentre entrambi si avvicinavano.

«Fammela vedere», rispose la strega.

«Allarga le gambe di più, piccolina», mi ordinò Wulfgar. E con un mugolio impercettibile io obbedii al suo ordine, piantando i piedi sul letto per tenere le gambe divaricate.

«Brava, bambina» dissero entrambi. Poi tutti e tre presero a fissare direttamente la mia intimità, liscia e resa pronta dal tocco della lingua di Fergus sui miei seni.

«Non toccarla», ammonì Wulfgar alla strega. «Questa appartiene ai suoi compagni, e non verrà toccata da nessun altro.»

«D'accordo», mormorò la strega, acconsentendo. «Possiamo metterli qui, qui e lì» disse, indicando i miei capezzoli prima di indicare la mia intimità.

«Molto bene», annuì Wulfgar. «Allora preparatevi.»

«Che sta succedendo, Fergus?» gli sussurrai mentre i due si allontanavano.

«Sei coraggiosa, Muriel?»

«Cosa?»

«Wulfgar mi ha detto che credi di non essere coraggiosa.»

«Io—io...»

«Che cosa hai fatto, quando mi hai visto per la prima volta, ancora dentro quella gabbia?»

«Non mi ricordo...»

Fergus mi guardò con uno sguardo che sembrava dirmi che non ci credeva. «Te lo ricordo io: hai parlato con me. Hai parlato con me, ed io ti ho chiesto se avessi paura.»

«Ed io avevo paura.»

«Sì, e la paura non ti ha fermata. Hai continuato a parlare con me, e quando gli altri lupi hanno minacciato di venirmi a cercare, tu, coraggiosa, li hai distratti. E poi li hai sfidati per salvare tua sorella. Quel giorno hai salvato entrambi. Tua sorella, e me.»

Io restai in silenzio.

«Sei sempre stata molto coraggiosa, piccolina» mi sussurrò, scostandomi i capelli dal viso. «È arrivata ora che te ne renda conto anche tu.»

Io gli strinsi la mano. «Non voglio nient'altro che essere la vostra compagna.»

«E lo sei, Muriel. Non c'è niente che possa cambiarlo. Se anche non ti legassi a noi, noi non ti lasceremo mai andare.»

«Eccoci, siamo pronti» annunciò Yseult, ritornando vicino al bordo del letto. Mi fece l'occhiolino.

Io spostai i piedi nervosamente, ma in un attimo Wulfgar e Fergus erano ad entrambi i miei lati, pronti a tenermi. Wulfgar mi mostrò un piccolo ago di metallo.

«Lo abbiamo appena ripulito», mi disse. «Lo useremo per bucarti i capezzoli, perché vorremmo che tu indossassi lì degli anelli.»

Fergus si chinò su di me. «Puoi dire di no, se preferisci non farlo», mi assicurò. «Ma a noi farebbe piacere se tu lo facessi. Lo vorremmo tanto. Lo farai per noi?»

E non riuscendo a fidarmi della mia stessa voce, io mi limitai ad annuire.

«Pulite la zona con il panno intinto nell'Acqua della Vita» diede istruzioni Yseult. «Aiuterà a disinfettare e purificare la zona da pungere.»

Wulfgar si occupò di lavare delicatamente la pelle sul mio corpo tremante, i miei capezzoli ancora più turgidi e puntati verso l'alto.

«Sarà meglio legarla, così eviterà di agitarsi troppo. Potrebbe farsi male, altrimenti», aggiunse la strega.

«No», disse Fergus. «La terrò ferma io.» Poi prese i miei polsi, tenendoli sopra la mia testa in modo da allungare le braccia.

«Adesso sentirai un pizzicore, ma il bruciore non durerà a lungo» mi assicurò Wulfgar.

«Ti aiuto io a distrarti» mi promise Fergus, ed immediatamente le sue labbra furono sopra le mie, la sua lingua a leccare la sua entrata dentro la mia bocca. Poi andò a stuzzicare la mia per un attimo, prima di allontanarsi. «Sei pronta, Muriel?»

«Sì», respirai.

«Eccola qui, la mia ragazza coraggiosa» mi sussurrò Wulfgar all'orecchio. Le sue dita forti erano agili mentre avvicinava l'ago al mio capezzolo.

«Baciami, adesso» mi ordinò Fergus, coprendo il mio viso con il suo.

Quando l'ago trafisse la mia pelle, la scarica di dolore sembrò partire da lì per finire direttamente contro la mia intimità. Mi ritrovai a gemere con forza sulle labbra di Fergus. Quando le sue labbra mi lasciarono andare, io ero senza fiato.

«Le piace il dolore...», osservò Yseult. «Le piace essere sottomessa.»

«È per questo che è perfetta per noi» disse Fergus. Io mi lasciai andare alla dolcezza della sua voce e del suo sguardo.

«E adesso l'altro» disse Wulfgar, e Yseult porse a Fergus l'altro ago.

Fu il turno di Wulfgar di accovacciarsi vicino a me. «Guardami, piccolina.»

Fergus aveva lasciato i miei polsi, ma le mie braccia erano ancora allungate sopra la testa. Io le tenni lì, senza muoverle.

«Gli anelli che metteremo sui tuoi capezzoli saranno un modo per marchiarti come nostra sposa, come nostra compagna. Alcuni giorni sarai completamente nuda, e l'unica cosa sul tuo corpo saranno questi anelli. Tra questi anelli, noi metteremo una catena. Sai che cosa rappresentano?»

«No.»

Fergus mi strinse il capezzolo tra due dita prima di pulirlo con il panno, ma i miei occhi non si staccarono neanche per un secondo da quelli di Wulfgar. Le sue labbra erano morbide, piene, e i suoi occhi erano grandi e gentili sotto le sopracciglia pesanti. E lo sguardo che mi stava rivolgendo era di puro amore. Come avevo potuto mai pensare che fosse nient'altro che bello?

«Rappresentano noi, piccolina. Porterai un anello per Fergus, ed uno per me. E ne porterai uno anche per te, per ricordarti del tuo coraggio. Per ricordarti di quanto sei importante. Per ricordarti che questo legame non esiste, senza di te.» Mi diede un bacio prima di guardarmi di nuovo negli occhi. «Vuoi sapere dove sarà il tuo anello?»

«Sì», respirai.

«Qui», disse, e il suo dito strisciò immediatamente in mezzo alle mie labbra inferiori proprio quando Fergus punse l'altro capezzolo. Il dolore questa volta riuscii a malapena a sentirlo. Si trasformò in un attimo in succhi, che Wulfgar raccolse prontamente con il dito. Poi lo portò sul nodo sensibile tra le mie labbra, ed io gemetti portando la testa indietro, lasciandomi andare alla sensazione. Wulfgar continuò a stuzzicare fino a portarmi vicina all'orgasmo, solo per poi fermarsi.

«Guarda, Muriel.» Fergus aveva appena finito di mettere dei piccoli anelli d'oro proprio dove mi erano stati fatti i due buchi. Il colore brillava alla luce del fuoco. I miei capezzoli presero a pulsare di nuovo, per un motivo che non aveva niente a che vedere con il dolore.

«Volete che sia io a piazzare l'altro piercing?» chiese Yseult.

«No, lo farò io» disse subito Wulfgar.

«Lascia fare a me...», ribatté Fergus.

«È un piercing molto difficile», avvertì subito la strega. «La carne lì è tenera e sensibile. È facile sbagliare. Bisogna fare molta attenzione.»

Fergus si inginocchiò di fronte alle mie gambe aperte. «Posso farlo io. Muriel si fida di me. Non è così, piccolina?»

«Sì» dissi, la voce tremante.

«Datemi un ago fresco» disse Fergus, e quando lo prese, mi guardò negli occhi. Lo posizionò sul suo capezzolo, prima di dire, «Per te, Muriel.» Poi mi fece un occhiolino. «Non è niente, vedi? È a malapena un pizzico.»

«Dovreste legarla», disse di nuovo Yseult.

«No», ripeté Wulfgar, togliendosi la maglietta prima di salire sul letto. «La tengo io la mia bambina.»

Il suo corpo scivolò dietro il mio, posizionandomi sul suo grembo. Il mio corpo era rigido mentre mi sdraiavo. Wulfgar mi strinse forte con le sue braccia muscolose, le sue gambe forti a puntellare le mie, tenendole ben divaricate. La mia intimità era alla mercé di tutti, così aperte. Fergus e la strega si avvicinarono ad essa, studiando il mio centro.

«Qui», indicò Yseult, ma senza toccarmi. «L'ago dovrebbe

passare da lì per essere perfetto, vedi? Ma devi fare estrema attenzione, perché è vitale che tu non colpisca il bocciolo al centro. È fonte di gran parte del suo piacere.»

«È così piccolo...» si accigliò Fergus.

«A volte, le cose più piccole sono anche quelle più potenti ed importanti» rispose lei.

Wulfgar gemette sul mio orecchio, stringendomi forte. «Sì», respiro su di esso. «Come la mia Muriel.»

Io girai la testa, premendola contro il suo petto.

«Sei nervosa?», mi chiese.

«Un pochino», ammisi.

La sua mano si avvicinò al mio seno, e il suo dito prese a giocare sul mio piercing. Non mi prese in giro per come mi sentivo.

«Sei così coraggiosa, Muriel. Così forte...»

Io mi mossi un po' al complimento, ma il braccio di Wulfgar mi strinse più forte. «Donaci la tua paura, Muriel... Permettici di proteggerti.»

«Vediamo di prepararti un po', Muriel» disse Fergus, avvicinandosi ancora di più alla mia intimità. Con un sorrisetto malizioso, le sue labbra presero a baciare il mio interno coscia, la sua barba a solleticare la mia pelle sensibile.

«Non ti muovere. Devi stare ferma», mi ordina.

«Non è giusto» protestai, dimenandomi mentre la sua bocca scivolava lentamente sul mio centro bagnato. Wulfgar ridacchiò, stringendomi tra le sue braccia mentre Fergus afferrava le mie ginocchia.

«Il tuo piccolo nodo sensibile deve essere ben in vista per me. Ed io mi occuperò esattamente di questo, ma prima di tutto dobbiamo pulire via un po' del tuo miele.»

E con la lingua posizionata alla fine delle mie pieghe bagnate, Fergus iniziò la salita verso l'alto, facendo attenzione a toccare ogni singolo centimetro. Per quando raggiunse la cima, io avevo già perso il respiro, i piedi conficcati sul letto.

«Stai ferma» mi ordinò Wulfgar. «O ti legheremo. Ma prima ti frusteremo per aver disobbedito.»

Il mio corpo pulsava, sentendo il bisogno di rilasciare il piacere, ma mi costrinsi a rilassarmi e accettare le attenzioni di Fergus senza muovermi. La sua lingua continuò a leccare le mie pieghe, con una lentezza in grado di risultare una tortura.

«Ecco fatto. Adesso ferma, Muriel.»

«Quasi pronta.»

Il viso di Fergus era tutto bagnato. Per l'ultima volta, la sua lingua roteò sul mio nodo sensibile. «Che stai facendo?» gemetti, la testa conficcata sul petto di Wulfgar dietro di me, ma il resto del corpo rigido e fermo.

«Adesso Fergus metterà l'altro piercing vicino al tuo bocciolo.»

«Oh, Dea...»

«Quest'anello sarà vicino ad esso e lo strofinerà in ogni singolo momento della giornata. Ti porterà ad impazzire, ma non potrai toccarlo. Solo noi possiamo giocarci, anche se tu puoi sempre implorarci di non farlo. Ti amiamo disperata e pronta per noi.»

La bocca di Fergus si poggiò sul mio centro completamente, ed in quel momento lo sentii succhiare con forza proprio il centro che avrebbe punto. Quasi sul punto di lasciarmi andare al mio orgasmo, Fergus tolse la testa e iniziò a prepararsi.

«Per favore» gemetti, sentendo il bisogno di rilasciare il mio piacere. «A che cosa serve questa cosa?»

«Alla bestia piace vederti sottomessa» mi spiegò Wulfgar, risistemandomi tra le sue braccia, e allargando le mie gambe con le sue. «Piace anche a te, perché è nella tua natura. L'ha detto la strega.»

Per un attimo, avevo dimenticato la presenza della strega nella stanza. Yseult era in piedi vicino al tavolo, un sorriso sulle labbra.

«La magia richiede sempre un sacrificio, Muriel», disse.

«Quale sacrificio?» chiesi, mentre Fergus si avvicinava a me con l'ago.

«Te stessa. La tua magia richiede la tua sottomissione, il tuo dolore. Se sacrifichi te stessa, la magia viene fuori. Non te l'ho detto durante la nostra chiacchierata?» Yseult sembrava annoiata, ma i suoi occhi erano tremendamente concentrati su ciò che Fergus stava facendo.

Il guerriero dai capelli rossi era di nuovo in ginocchio, ed io mi mossi immediatamente quando sentii la stoffa bagnata sopra le mie labbra.

«Una volta disinfettata l'area, devi sollevare la carne che dovrai pungere» istruì Yseult, avvicinandosi. La lingua di Fergus faceva capolino tra le sue labbra, concentrato per fare le cose in maniera corretta. Sia lui che la strega continuarono a non fare nulla per così tanto tempo che, per un attimo, temetti che avrei perso completamente il senno.

Poi, però, decisi di chiudere gli occhi e lasciare andare un respiro. E mi lasciai andare ai miei compagni, perché ero loro, e avrei obbedito a tutto quello che mi avrebbero detto di fare.

«Ecco.»

L'ago mi punse la carne, ma invece di sentire dolore, ondate di calore si riversarono per tutto il mio corpo.

«Adesso l'anello» mormorò Fergus, ed in un secondo tutto fu finito. Poi il mio uomo si alzò, un ampio sorriso sul suo volto.

«Sei stata bravissima, Muriel» mi disse Wulfgar. Le sue

dita mi stavano accarezzando le ginocchia. «Hai fatto la brava.»

«Posso vedere?» chiese la strega. Si mosse soltanto quando i guerrieri le diedero il permesso.

In un attimo fu così vicina a me che il suo respiro riuscì a solleticarmi la pelle. «Mh... interessante» mormorò.

«Cosa è interessante?»

«Di solito, punture del genere richiedono del tempo, per guarire. Ma Muriel non ha più neanche una macchia. La carne non è rossa, e non è ferita.»

«Senti dolore, Muriel?» mi chiese Wulfgar, sedendosi e aiutandomi a fare lo stesso.

Io feci attenzione alle mie sensazioni, ispezionando il piercing in mezzo alle mie gambe. In preda al Calore, feci attenzione a non toccare nient'altro se non l'anello di metallo. Anche un solo, piccolo tocco, e sarei venuta. «No. Non sento nulla.»

«Questo vuol dire che è legata a noi!» disse Fergus, stringendo i miei capelli tra le dita. «Se è guarita in fretta, vuol dire che sta funzionando.»

«Hai la nostra gratitudine, strega» disse Wulfgar. «Puoi lasciarci, adesso. Ma non dimenticheremo quello che hai fatto.»

Io mi sedetti, esplorando i nuovi anelli nei miei capezzoli. Il desiderio era così forte, pulsava attraverso il mio corpo in modo tale da farmi tremare le mani.

Fergus li esplorò insieme a me. «Il bello di questi anelli è che segnano esattamente il punto in cui un uomo dovrebbe toccare.»

«Perché, ci saranno estranei a toccarmi?» scherzai io. I miei compagni conoscevano benissimo il mio corpo.

«Non essere sporcacciona, Muriel» disse Wulfgar. «Se qualcuno si azzardasse a toccarti, saremmo costretti a staccargli le mani. No... questi piercing sono per noi. Ai tuoi compagni piace tantissimo, vederteli addosso. E ci piacerà anche di più vederti indossare la catena tra di essi.»

«A meno che tu non voglia essere condivisa con il branco» sussurrò Fergus, una luce malvagia negli occhi. «Perché in quel caso, ti condurremo nuda davanti a loro, e ti fustigheremo fino a quando non implorerai per avere un cazzo dentro di te. E poi ti legheremo, lasciandoti a chiedere chi sarà mai che ti sta scopando... Wulfgar... io... o...»

Wulfgar ringhiò immediatamente. «Non è vero, Muriel» disse, e il suono riverberò sul mio corpo con un'intensità tale da farmi tremare di piacere. «Non ti condivideremo con nessuno. Mai.»

Fergus mi spostò le mani per stringere i miei seni. Io rimasi ferma lì, immobile, una statua sotto il suo tocco. Il calore emanato dal mio corpo cominciò a bruciarmi come fossi appena arrivata all'Inferno.

«E un'altra cosa» disse Fergus. Con dita attente, infilò una piccola catena dentro gli anelli. «Questo rappresenta il legame tra di noi», disse. La catena formò un triangolo d'argento per tutto il mio corpo. «Tu appartieni a noi, Muriel. E noi apparteniamo a te. Siamo una cosa sola, tutti e tre.»

Afferrando le maglie di metallo intorno agli anelli, tirò leggermente e mi condusse in avanti con il mio nuovo guinzaglio. Io lo seguii con prontezza, per timore di sentire dolore.

Wulfgar mi si avvicinò immediatamente, tenendomi per la vita per non farmi cadere, e Fergus subito tirò la catena. Il calore si propagò immediatamente per tutto il corpo, riversandosi su di me su tutti i punti.

Poi lasciò la presa, ma la mia intimità non smise di pulsare. Gli umori sgorgarono fuori dalla mia entrata, bagnando le mie cosce.

«Basta» disse Wulfgar quando presi a vacillare. «Liberala.»

E Fergus lo fece. Incapace di stare ancora in piedi, sprofondai in ginocchio; tutto il mio corpo sembrava essere consumato dal fuoco dentro di me. Il desiderio mi stava bruciando così tanto che, di lì a poco, di me non sarebbe rimasto più nulla. Non ero più Muriel... ero un vaso vuoto, pronto ad essere riempito di piacere.

La mia testa si piegò a guardare i miei compagni. «Vi prego...»

«Sì, Muriel, così. Implora.»

Io mi leccai le labbra. «Ho bisogno di avervi dentro di me. Tutti e due. Insieme.»

Togliendosi i vestiti, Fergus si avvicinò a me con il membro alzato e duro. E alla vista, la mia vagina prese a tremare così forte da farmi gemere.

«Sei così bagnata per noi...» ansimò Fergus.

«Cosa mi sta succedendo?» chiesi a bassa voce, il suo membro così vicino alle mie labbra desiderose. Il Calore m'inghiottì di colpo, mandando nuove ondate di liquido a colare lungo le mie gambe. Non mi ero mai sentita così. «Cosa mi sta succedendo?» ripetei.

«Il Calore ti sta consumando, piccola. Ti ha finalmente reclamato», mi rispose Wulfgar, stringendo i miei capelli intorno alla sua mano per avvicinare il mio viso a lui. Poi li lasciò andare, avvicinando la mia testa al membro di Fergus... ma non abbastanza da raggiungerlo.

«Vi prego», gemetti. «Ho bisogno di voi.»

«E noi abbiamo bisogno di te.»

Con i capelli ancora in un pugno, Wulfgar spinge in avanti la mia testa proprio mentre Fergus spingeva i fianchi contro di me. Io non ebbi bisogno di altro: in un attimo presi la sua lunghezza dentro la mia bocca, e

Fergus strinse la catena, tirandola in avanti. Poi gemette, felice.

«Basta... non voglio la sua bocca.»

«Vieni, Muriel.»

Mani impazienti mi sollevarono e mi portarono sul letto. Fergus si sedette per primo, facendomi mettere a cavalcioni su di lui.

Senza aspettare un secondo di più, affondai sul suo membro lasciando andare un urlo di soddisfazione.

«Adesso il mio, Muriel» grugnì Wulfgar, mettendo una mano sulla mia schiena per spingermi contro il corpo di Fergus. Le sue dita mi bagnarono l'entrata posteriore, lubrificandola e allargandola per permettermi di prenderlo. Poi, la punta del suo membro sondò il mio ingresso.

Io cominciai a tremare.

«Non venire, Muriel», mi ordinò severamente Wulfgar.

La mia vagina ebbe uno spasmo, le mie pareti a stringere il membro di Fergus dentro di me.

«Vi prego... non posso aspettare...»

«Se vieni, sarà la tua ultima volta per una settimana intera. Ci costringerai a tenerti in gabbia in un angolo, a nutrirti da una scodella sulle mani e sulle ginocchia.»

«La nostra bellissima cagna» sorrise Fergus. «Con il suo personale guinzaglio.» Prese la catena tra i miei seni, stringendola tra i denti. «E sentirci parlare così non fa altro che eccitarla di più.» I peli nel suo petto mi solleticavano la pelle, facendomi tremare.

Il membro di Wulfgar scivola nella mia entrata posteriore, facendomi urlare. Ero così piena... così stretta. Non importava quante volte mi avrebbero presa, non sarei mai riuscita ad abituarmi alle loro dimensioni meravigliose.

Wulfgar spinse i fianchi con violenza, e il suo movimento mi fece muovere con più forza sul membro di Fergus.

«Oh, no», gemetti.

«Ci stai già negando?» chiese Fergus alzando il mento, tirando la catena.

Io imprecai.

«Monella» ringhiò Wulfgar. La sua mano mi strinse i capelli fino a quando il mio corpo non si arrese del tutto. «Non puoi dirci cosa fare.»

Mi lasciai andare ad un lamento, un suono animale, che non avevo mai fatto. Gli occhi di Fergus si illuminarono all'istante, e la sua bestia rispose al mio suono con il suo.

Cominciando a muoversi all'unisono, io mi arresi completamente a loro. Nel momento in cui lo feci, sentii il piacere riversarsi in ondate devastanti contro di me.

Denti raschiarono la pelle vulnerabile tra il collo e la spalla... Fergus si sollevò, e proprio quando i suoi canini perforarono una spalla, quelli di Wulfgar fecero lo stesso con l'altra.

Urlai, dimenandomi contro di loro mentre l'estasi del piacere mi faceva perdere i sensi, togliendomi per un attimo la vista. Il mio corpo tremava come una foglia sui membri dei miei due uomini. Fergus e Wulfgar gemettero con forza.

All'improvviso, i loro orgasmi mi colpirono insieme con una forza tale da portarmi dritta verso il vortice, piegata tra di loro come fossi un ramoscello in piena tempesta. Urlai, il fiato corto, e loro gemiti raggiunsero le mie orecchie, ma le mani che stringevano la mia pelle erano dolci e calde.

«Muriel» presero a ripetere il mio nome ancora e ancora, una litania calda e seducente, meravigliata e innamorata. Io mi lasciai andare all'orgasmo con il suono delle loro voci che ripetevano il mio nome, stretta a loro senza essere lasciata, i loro membri così in profondità dentro di me da renderci uno solo.

«Non avrei mai potuto immaginare... che sarebbe stato così», gemette Fergus.

«Non troveremo mai un piacere forte e meraviglioso come questo se non tra le tue braccia, Muriel» ansimò Wulfgar. «È una promessa. Sei il nostro paradiso.»

Al tono basso e riverente di Wulfgar, io mi girai immediatamente. Poi lo baciai, e quando mi allontanai, un suo pollice raccolse le mie lacrime.

«Io ti sento», sussurrai. La mia mano volò sul suo petto, all'altezza del cuore. «Ti senti, proprio qui. È il legame?»

«Sì, piccolina» disse, poggiando la sua mano sulla mia. «Stava solo aspettando. Aspettava che tu ti lasciassi andare.»

Mi toccai le spalle, i punti dove i loro denti mi avevano marchiata: le ferite si erano già rimarginate.

«Il branco vedrà questi segni e saprà che sono vostra... questo non significa niente? Fergus dovrà combattere per forza?»

Fergus mi strinse la mano. «Va tutto bene, piccolina. Non devi preoccuparti di questo. Lascia che ci occupiamo noi, ti proteggere te.»

«Sei nostra, Muriel. Che avessimo completato il legame o meno, tu non sarei mai andata da nessuna parte.»

Sentii il peso lasciare il mio fianco e mi svegliai di colpo. Wulfgar si era alzato, e si stava preparando a lasciare il letto.

Io mi girai velocemente, stringendo il suo braccio.

«Non te ne andare», sussurrai, e accanto a me Fergus russò.

Wulfgar si avvicinò a me, abbastanza vicino da poter sussurrare più piano. «Non vado da nessuna parte, piccolina mia. Sto solo andando a controllare il fuoco.»

E dopo essersene preso cura, Wulfgar si arrampicò nuovamente sul letto per stringersi a me.

Al sicuro tra i miei due compagni, io tornai nuovamente a dormire.

VOCI OVATTATE RIECHEGGIAVANO nella mia testa prima ancora che io aprissi gli occhi. Fergus era seduto sul letto, intento ad affilare una lama. Wulfgar stava bevendo dal corno, vicino al fuoco. Nessuno dei due stava effettivamente parlando, eppure—nel momento in cui aprii gli occhi—le loro voci mi arrivarono chiare dentro la testa.

Fai attenzione al suo braccio sinistro, disse Wulfgar. *Colpisce col destro, ma tende a fare sempre una finta con il braccio più debole.*

Non sono preoccupato per Siebold, ma per i suoi seguaci. Non mi affronteranno mai uno alla volta.

Metti Siebold a tappeto, e si disperderanno come conigli. È di lui che devi occuparti per primo. Mettilo al tappeto, e non ci sarà bisogno di preoccuparsi di nient'altro, disse la voce di Wulfgar, con voce piena e divertita.

«Come fate a fare questa cosa?» chiesi, mettendomi a sedere.

Loro si girarono a guardarmi, presi in contropiede dalle mie parole. Non si erano accorti che mi fossi svegliata.

«Come riusciamo a fare cosa, piccola?»

«Come fate a parlare senza muovere le labbra?»

Fergus spalancò gli occhi, e poco dopo la bocca. «Tu—ci senti?», mi chiese. Wulfgar venne subito al mio fianco, ed io mi sedetti meglio in mezzo a loro.

«Sì. Vi sento chiaramente. Beh—» dissi, aggrottando la fronte, ricordandomi in quel momento del suono ovattato.

«Sento come degli echi, ma le parole sono lì, le distinguo chiaramente. Mi sono sempre chiesta come facciate» dissi. Le parole a volte non erano altro che immagini, sentimenti, impressioni.

Mi sentii pervadere dalla gioia in un secondo, e sapevo che a causarla erano i due uomini al mio fianco.

«Quello è il legame» disse subito Wulfgar, e sembrò realizzare ciò che avevo detto alla fine solo dopo... quando era comunque inutile chiedere spiegazioni.

Perché io avevo aggrottato di nuovo la fronte. *Ma io li avevo sentiti parlare sin dall'inizio.*

«Sul serio?» aveva sbottato Fergus, spalancando la bocca ancora di più, ed io mi resi conto in quel momento di aver mandato i miei stessi pensieri attraverso il legame.

Sì, dissi, parlando attraverso il nostro legame.

«E cosa hai sentito, Muriel?»

«Vi ho sentiti parlare di Siebold... di come lui avrebbe provato a mettere alla prova il nostro legame. È stata la seconda notte in cui siamo stati qui.»

I guerrieri si scambiarono uno sguardo.

«Per tutto questo tempo, ci hai sentiti...» Wulfgar scosse la testa. «Se l'avessimo saputo, avremmo nascosto i nostri pensieri», sorrise.

«Non volevamo che ti preoccupassi, Muriel. E non vogliamo che ti preoccupi neanche adesso. Gli Alpha ci avevano detto che il legame si sarebbe formato da solo.»

«Si forma naturalmente, quando c'è l'amore.»

Amore... non paura. La strega aveva cercato di dirmelo dall'inizio.

«E allora è tutto fatto» dissi io, alzandomi. «Non devi combattere con Siebold!» Gettai le braccia intorno al collo di Fergus.

Lui mi baciò con dolcezza, ridacchiando. «No, piccola, non *devo*. Ma *voglio*.»

«Cosa? Ma—Fergus...»

«Sh, piccola. Ho bisogno di farlo.» Mi allontanò da lui quando cercai di aggrapparmi, e Wulfgar mi strinse a sé.

«Lascia che il tuo compagno faccia ciò che ha bisogno, Muriel. Fidati di lui. La fiducia della donna che si ama può fare più di quanto credi, per un uomo.»

«Io non voglio che tu ti faccia male...»

«Ed io non mi farò male» mi assicurò Fergus. Poi mi diede un buffetto sul naso. Un gesto così caldo e tranquillo, per un uomo pronto ad andare in battaglia. «Fidati di me, Muriel.»

9

Tenni dentro di me la rabbia fino a quando non arrivammo a metà della montagna. Fergus faceva strada mentre Wulfgar camminava dietro di me.

Addosso avevo un vestito di seta che lasciava le mie braccia scoperte, e una corona di fiori bianchi sui capelli. Wulfgar mi strinse i fianchi.

«Senti le gambe stanche, Muriel?», mi chiese.

«No.» E nonostante ciò, non riuscivo a muoverle.

Fergus si girò a guardarmi, sorridendomi di nuovo. «Vuoi che ti porti in spalla? A me la vista non dispiacerebbe proprio... però la tua coroncina potrebbe rovinarsi.» Prese un fiore da essa, ed io gli diedi un piccolo schiaffetto, senza nessuna reale forza.

«Che ti succede, piccola Muriel?»

«Sono preoccupata per te.»

Wulfgar mi cinse la vita con un braccio, sollevandomi, portandomi fuori dal sentiero nella foresta. Una volta lì, mi posò su un masso ricoperto di licheni.

«Poggia le mani sulla roccia, Muriel.»

«Cosa...»

Non mi diede il tempo di finire. Mi fece inclinare in avanti, e prima che potessi protestare, il mio vestito era stato alzato in alto. Una mano mi colpì il sedere.

«Ahi!»

«Mani», ordinò, ed io obbedii. «Piegati e allarga le gambe. Allargale, Muriel. Divaricale per bene.»

«Brava, bambina» disse Fergus, avvicinandosi a me, mettendo il plug dentro la mia entrata posteriore. «Non vedevamo l'ora che ci dicessi proprio questo. Ci stavi mettendo così tanto, però, che per un attimo abbiamo temuto di ritrovarci costretti a farlo davanti a tutto il branco... non preoccuparti, Muriel. Se sei preoccupata, ci penseremo noi a tenere la tua mente occupata con altro.»

Io sospirai, lasciando mettere il plug dove volevano.

«Ecco qui» dissero, lasciandomi alzare e sistemandomi il vestito. Io strinsi le gambe: le mie cosce erano già bagnate.

«Devo per forza indossarlo?»

«Sì, devi. È un bene ricordarti che sei sottomessa a noi. Fidati di me, piccolina. Appena avrò finito con questa pagliacciata, sarò io stesso a togliertelo.»

Incrociai le braccia al petto, e il metallo dei miei piercing fece capolino dal tessuto della mia maglietta.

«Siete sicuri che posso andare davanti al branco in questo stato?»

«Sei la nostra bellissima compagna. Al branco farà bene vederti così. E poi... adesso tu sei nostra, interamente. Nessuno oserà sfidarci.»

«Tranne Siebold, a quanto pare», borbottai, ma lasciai che Fergus facesse ciò che voleva.

«Dopo oggi, nessuno ci proverà più.»

«Anche se il tuo odore li farà andare fuori di testa» disse Wulfgar, compiaciuto.

«Cosa?» chiesi. Non avevo neanche pensato al mio odore.

«Stai tranquilla», disse Fergus. «Il gigante sta solo scherzando. Malissimo, ma sta scherzando» continuò, facendo la linguaccia a Wulfgar.

«Se non rientri quella cosa te la strappo con le mani» minacciò a bassa voce Wulfgar, facendo ridacchiare Muriel.

«Non lo puoi fare! A Muriel mancherebbe troppo. Ieri sera le è piaciuto tantissimo.»

Io gridai, ridendo. «Fergus!»

«Che c'è? È vero», fece spallucce lui, ridacchiando con me.

Ma man mano che ci avvicinavamo, questo nostro umore scherzoso andò via.

L'intero branco ci aspettava in cima alla montagna.

Un vento ultraterreno soffiava nella radura, scostandomi i capelli dalle spalle. Tutto il branco poteva vedere le cicatrici che avevo su di esse.

M'imposi di restare dritta, di non incrociare le braccia sulla pelle nuda del mio petto, lasciata scoperta dalla scollatura del mio vestito.

Permettici di aiutarti, dissero i miei due compagni nella mia testa, parlando nello stesso momento. Le loro mani si strinsero sulle mie.

Camminammo fianco a fianco, diretti verso il centro del cerchio.

Samuel aspettava sul suo trono, Daegan in piedi accanto a lui.

Siebold, invece, era in piedi poco lontano, un nodo di guerrieri alle sue spalle.

«Benvenuta, Muriel di Alba», mi disse.

Perché mi sta parlando direttamente? chiesi ai miei compagni.

Perché vuole insultarci, parlandoti senza riconoscerci come tuoi legittimi compagni.

Allora alzai il mento, e ad occhi stretti lo fissai dritto nei suoi da bullo.

Il suo sguardo si fece più grande. «Osi guardarmi?», ringhiò.

Io strinsi le mani sui miei guerrieri. «Sì, oso», ringhiai a mia volta. «Puoi prenderla come sfida, Siebold. Eccoti i miei campioni» dissi, facendo cenno ai guerrieri al mio fianco.

Sentii le loro dita stringersi sulle mie mani, ma nessuno dei due rimproverò la mia audacia.

«Uno dei tuoi campioni è il più debole del branco.»

Fergus mi strinse a sé. «Io potrò anche essere piccolo», disse a me, guardandomi negli occhi, «Ma sono veloce. Ho strategia. E il mio fratello guerriero a darmi forza. Ho la tua benedizione?»

Io lo guardai dritto negli occhi, stringendogli la mano. Poi mi alzai in punta di piedi, e sfiorai le sue labbra con le mie. «Sempre.»

«Ricordati che, stasera, sarò io a togliere il plug.»

Io arrossii immediatamente. C'erano così tante orecchie in ascolto... tutti i guerrieri avevano appena sentito la promessa di Fergus. *Avrebbe potuto parlarmi attraverso il legame.*

E che divertimento ci sarebbe stato? sento la sua voce chiedere nella mia testa proprio mentre le sue dita sistemavano una ciocca dei miei capelli dietro l'orecchio. Poi andò in mezzo ai lupi.

«Sono pronto, Alpha.»

Siebold aveva ancora gli occhi fissi su di me. Io lo ignoravo, immobile come una statua, incurante anche del vento freddo che soffiava, causandomi la pelle d'oca sulla pelle nuda. Wulfgar mi avvolse il pesante mantello che aveva addosso, prima di girarsi verso Siebold con un ringhio.

«Togli gli occhi di dosso dalla mia donna», gli disse. «Smettila di guardarla.»

«Mi chiedevo solo come se la fosse passata ieri sera, sdraiata a letto con un assassino.»

Wulfgar non si fece scalfire dalle sue parole. «Siamo tutti assassini, Siebold» disse, poi si girò verso di me. Un dito mi accarezzò la guancia, ed io chiusi gli occhi, incurvando leggermente le labbra verso l'alto. Come per magia, il suo tocco aveva alleviato la mia paura. «Muriel mi ha perdonato.»

«Ti ha perdonato perché non sa chi sei davvero.»

Io ringhiai, stringendomi di più a Wulfgar. Lo guardai dritto negli occhi. «Lo so benissimo chi sei, amore mio.» La sua fronte si poggiò con delicatezza sulla mia, ed anche se la mia voce era uscita in un sussurro, io sapevo che l'intero branco riusciva a sentirci. «Io e te siamo legati. Non c'è nessuno al mondo che potrebbe convincermi che tu possa farmi del male. Io mi fido di *te*», gli assicurai. Le mie dita accarezzarono la cicatrice sul suo viso. «Siebold è soltanto geloso, perché dentro di sé sa bene che nessuna donna sceglierebbe lui invece che te.»

Wulfgar sorrise, facendomi l'occhiolino. «Hai sentito, Siebold?»

Io alzai il mento, coraggiosa come i miei guerrieri dicevano che fossi. «Se non dovesse averlo fatto, lo dirò di nuovo.» Alzai la voce. «Sei un mostro, Siebold. Sono contenta che tu non abbia mai avuto una possibilità, per vincere quei giochi. Qualsiasi donna preferirebbe gettarsi dalla montagna, porre fine alla sua vita, prima di giacere con te.»

«*Puttana*», ringhiò lui. «Sei una puttana, proprio come la

donna che ha scelto lui al posto mio prima di te. Quella fu la
sua ultima decisione... e anche tu pagherai presto.»

Un'immagine sembrò accendersi immediatamente
davanti ai miei occhi, e le parole uscirono dalla mia bocca
prima ancora che riuscissi a rendermi conto di aver cominciato a parlare.

«Tu l'hai uccisa... Le hai spezzato il collo mentre
Wulfgar dormiva al suo fianco. E hai pensato di aver vinto,
Siebold, ma non vincerai mai. Non conoscerai mai la pace.
La tua Bestia non ha riposo, si nutre di te e della tua rabbia e
tu la lasci vincere, ancora e ancora. *Tu vivi, e morirai, per la
sua rabbia, Siebold.*»

Il vento sembrò alzarsi tutto d'un tratto, e i peli delle mie
braccia si rizzarono immediatamente. Tutt'intorno a noi, i
membri del branco cominciarono a mormorare. Intorno a
me riuscii a sentire «*Volva*» ripetuto più e più volte.

Cosa vuol dire questa parola? chiesi ai miei compagni con
il nostro legame.

Significa strega. Profetessa.

E d'un tratto capii di aver appena ripetuto una profezia.
Non sapevo neanche da dove fosse uscita. L'unica cosa che
sapevo era che sembrava aver fatto imbestialire Siebold
ancora di più.

«Guardati le spalle da ora in poi, Esecutore», minacciò.

«Non ne ha bisogno. Ci sono io a guardarle per lui» disse
Fergus. Siebold si girò per rispondere, e il suo viso venne
immediatamente colpito dal pugno del mio compagno. La
sua testa scattò indietro, ma Siebold riuscì subito a mettersi
in piedi, spingendosi in avanti con un ruggito tremendo.

Il branco sembrò prendere vita, urla e fischi e grida, i
guerrieri in forma di lupo intenti ad ululare.

I due combattenti danzarono l'uno intorno all'altro;
Fergus era più basso di Siebold, eppure più veloce. Sfrecciò

intorno al guerriero più grande, ma Siebold lo attaccò immediatamente con un pugno, costringendolo a barcollare indietro. Nella caduta, Fergus afferrò una spada e uno scudo, alzandosi poi immediatamente in piedi.

Uno degli scagnozzi di Siebold gli passò la sua.

«L'ho fatto arrabbiare...» sussurrai a Wulfgar, tremando. Mi strinsi sul suo petto, e lui mi accarezzò la schiena.

«Hai fatto la cosa giusta, piccolina», mi assicurò. «I lupi arrabbiati non sono in grado di pensare con lucidità, e questo li porta a commettere degli errori.»

Più il combattimento andava avanti, più ai miei occhi divenne chiaro il perché Siebold riusciva ad essere uno dei lupi dominanti del branco. Spingendosi costantemente in avanti, i suoi colpi rimbombavano contro lo scudo di Fergus così forte da farmi tremare le ossa.

Potevo soltanto immaginare quanto, invece, facesse tremare il braccio di Fergus dietro di esso. Siebold continuò a colpire, ancora e ancora, mandando Fergus sul terreno, spingendolo sotto il suo peso.

E quando vidi Fergus gettare via lo scudo e l'ascia, io cacciai un urlo. «No!» dissi, sentendo immediatamente le braccia del mio compagno stringersi intorno al mio corpo. In quel momento mi resi conto di quanto insignificante fossi.

Non potevo fare nulla; non potevo aiutarlo, non potevo chiudere gli occhi, non potevo neanche scappare. L'unica cosa che potevo fare era restare a guardare il guerriero che amavo arrendersi sotto Siebold.

«Sei pronto ad andare incontro alla tua precoce fine?» ringhiò Siebold.

Fergus non sembrò minimamente toccato dalle sue parole. «Avrei dovuto farlo tanto tempo fa... non combatterò contro di te come hanno fatto tutti i lupi, Siebold.»

«Non mi combatterai con la forza?», lo prese in giro Siebold. «Sei più spacciato di quel che credevo.»

«La forza si manifesta sotto tante forme diverse, Siebold. È una cosa che tu non hai mai imparato.» Nel pronunciare l'ultima parola, Fergus immediatamente si trasformò nel suo lupo.

«Che succede?» sussurrai, aggrappandomi a Wulfgar.

«Lo batte nella sua forma da lupo. È accettata, è una forma minore.»

Agile e veloce, i denti bianchi a scintillare, il lupo rosso danzò intorno al guerriero dai capelli biondi. L'ascia di Siebold continuò ad infrangersi sul terreno, incapace di acchiappare il lupo.

«Lo vuole sfinire», mi spiegò Wulfgar. E in un secondo, Fergus si ritrovò vicino le gambe di Siebold, graffiandole con forza. Il bullo gridò, barcollando.

«Primo sangue, Fergus!»

L'ascia di Siebold provò ancora una volta ad afferrare il lupo, che continuava a schivarla. I suoi denti si strinsero sul braccio che la teneva, e poi cominciò a spingere il guerriero attraverso la radura.

«Puoi ferirmi mille volte, *cuccioletto,* ma non mi ucciderai mai. Le mie ferite guariscono!» tuonò Siebold. Avrebbe potuto anche non dire nulla: Fergus si precipitò su di lui, facendogli lo sgambetto. Poi gli strinse la gamba, trascinandolo verso l'area da combattimento.

«Bella mossa! Il nostro Rosso gli ha morso il tallone, rendendogli difficile camminare. La ferita sta sanguinando e non si sta richiudendo subito. Zoppica, vedi?»

Il vento magico della Trasformazione pizzicò la mia pelle, e in un attimo Fergus era di nuovo uomo. Velocemente corse verso il bordo del cerchio, dove aveva lasciato le armi, e saltò su Siebold con la spada in mano.

Il biondo fu veloce abbastanza da alzare l'ascia per schivare il primo colpo. Ma l'attrito fece cadere via sia quella che lo scudo, e Siebold si ritrovò inerme di fronte al Lupo Rosso.

«Come fa a trasformarsi così velocemente?», chiesi. Immediatamente, le braccia di Wulfgar mi strinsero più forte, e il suo petto prese ad alzarsi ed abbassarsi velocemente.

Gli stai dando la tua forza? chiesi, lasciando che la mia mente ritrovasse il sentiero verso il nostro legame. Non ci volle molto prima di riuscire a sentire le loro voci nella mia testa, echi lontani che avevano lo stesso suono delle istruzioni che Fergus mi aveva dato tante volte durante i nostri allenamenti.

Ma quella volta, le istruzioni provenivano da Wulfgar.

Fai sempre attenzione al suo braccio sinistro. Lo alza quando sta per fare una finta.

Siebold arrancò per alzarsi in piedi, brandendo la sua ascia contro il Lupo fin troppo veloce.

Perché Siebold non si trasforma in lupo?

Perché non è abbastanza veloce. Conserva le sue forze per la fine del combattimento, quando sa che gli Alpha gli permetteranno di trasformarsi.

Mi morsi il labbro. Fergus era astuto e veloce... ma Siebold era molto forte. Come avrebbe fatto, il mio Fergus, a vincere?

«Devi dargli fiducia, Muriel» mi sentii dire da Wulfgar, e in attimo capii di aver lasciato che i miei pensieri corressero sul nostro legame. Tra i grugniti e il fragore delle armi che cozzavano le une contro le altre, io chiusi gli occhi.

Immediatamente, di fronte a me vidi Fergus.

Fergus che rideva.

Fergus che mi aspettava.

Fergus che mi guardava da oltre le sbarre di una gabbia, dandomi coraggio.

Fergus che mi insegnava a combattere...

Fergus che mi prometteva, davanti a tutto il branco, di prendersi cura di me quella sera, una volta tornati a casa.

Persa nelle mie immagini, non mi accorsi di quanto il branco si fosse fatto silenzioso fino a quando non sentii la voce di Samuel riecheggiare per la radura.

«Ultimo quarto», tuonò. «Potete trasformarvi in Bestia.»

Vinci per me, Fergus, gli dissi attraverso il legame, gli occhi chiusi. *Vinci per me, perché so che puoi farlo.*

Lentamente, il lupo rosso prese a trasformarsi di fronte al branco. La Bestia prese prima le sue zampe, poi le gambe, poi il petto, fino a salire sul muso diventato ormai mostruoso... rivolto verso l'alto.

Il fiato mi venne immediatamente a mancare.

Di fronte ai miei occhi si stagliava la bestia più grande che io avessi mai visto. Fergus era alto almeno tre metri, decisamente più alto e più grosso di Siebold.

Sopra di me, sentii Wulfgar sorridere.

Che ti avevo detto, piccolina? Dovevi dargli fiducia.

«Ma... perché—» provai a dire, non riuscendo ad andare avanti.

«Perché non ha vinto i Giochi? Perché semplicemente non era necessario. Uno dei due avrebbe dovuto prestare la sua forza all'altro, e alla fine abbiamo deciso che sarebbe stato lui a prestarla a me. Avremmo potuto fare al contrario e non sarebbe cambiato nulla, ma non l'abbiamo fatto. È stata una semplice scelta. Però... credo che questo suo potere sia nuovo.»

Guardai Fergus: stava esaminando le sue zampe gigantesche, passando lo sguardo da esse alla figura minuta di Siebold di fronte a sé. Doveva esserci qualcosa di nuovo, di più forte, nella sua bestia... perché d'un tratto le sue labbra si aprirono in un ghigno divertito.

Siebold si precipitò in avanti, il sangue a scorrere dalla sua caviglia. Fergus schivò il suo attacco, ancora e ancora, anche quando Siebold non smetteva di farsi avanti.

Sentii Wulfgar ridacchiare. «Combatte ancora come un piccolo lupo», disse.

Siebold provò a fare una finta, ma era troppo lento: Fergus lo prese da un fianco, colpendolo con forza, e lui barcollò. Un altro colpo, e Siebold era a terra.

Il guerriero professatosi il quarto più forte all'interno del branco sbatté sulla schiena, la terra ad alzarsi contro l'impatto. Fergus gli conficcò la spada sulla spalla, inchiodandolo a terra.

È la seconda volta che ti viene risparmiata la vita da noi, Siebold, tuonò Fergus, il tono glaciale. *Non vivrai per vedere la terza. Sei stato avvisato.*

Poi, con un grugnito, la bestia si girò a guardarmi. Le sue dita mi indicarono. *Mia,* tuonò, ed il mio corpo venne scosso dai brividi.

Tua.

Pronta a spingermi in avanti per andare da lui, i miei piedi si conficcarono sul terreno quando vidi la luce del Sole riflettersi su due lami. I due compagni più vicini a Siebold stavano per attaccare Fergus.

«Fergus!» urlai a squarciagola, dentro e fuori la mia testa. Il mio compagno si girò di scatto, alzando le mani per parare i colpi. Cercai di gridare, ma la mia voce d'un tratto si era fatta rauca.

Ed in un attimo, mi sentii lievitare fuori dal mio corpo. Le mani strette a pugno, senti il potere scorrermi nelle vene, la mia anima a spingersi attraverso il legame con i miei uomini.

Il mio urlo sembrò squarciare la nostra testa.

NO!

Un'unica parola, a risuonare e risuonare nel silenzio. La sentivo forte e chiara dentro la mia mente, il suono così potente da risultare in uno scoppio. Le mie orecchie fischiavano a causa del rumore, forte come un tuono che squarcia il Cielo.

Quando aprii gli occhi, io e i miei compagni eravamo gli unici corpi perfettamente in piedi su tutta la radura.

Gli altri lupi, gli altri Berserker, erano tutti distesi per terra, come fossero stati spinti via da una forza micidiale.

Samuel si teneva stretto al suo trono, come se altrimenti rischiasse di essere spazzato via. Il suo viso era contorto da linee di nervosismo.

Si girò a guardare i miei compagni, facendo cenno di avvicinarsi.

Velocemente, Wulfgar mi spinse in avanti con dolcezza, stringendomi le spalle per tenermi in piedi quando si rese conto che ero troppo vicina al perdere l'equilibrio.

«Hai attinto al suo potere, per vincere questa battaglia?», chiese a Fergus.

Il mio guerriero sembrava un po' stordito, proprio come lo ero io. Proprio come lo era Wulfgar. Si limitò ad alzare le spalle, di nuovo in forma umana. «Credo di sì.»

«O è stato questo, oppure è stata lei ad attingere al nostro», rispose Wulfgar per lui.

Samuel sembrò pensarci su, girandosi poi verso Daegan con un gesto della mano.

Il suo secondo in comando si mise dritto e, guardando il branco, alzò la voce. «Allora è deciso. Il vincitore della battaglia è chiaro. Fergus, hai battuto tutti i tuoi avversari. Muriel è tua e del tuo compagno, da reclamare.»

Mi girai a guardare Fergus, la gioia negli occhi. I suoi

erano già su di me, e un sorrisetto gli incurvava le labbra. Wulfgar prese la mia mano e la sua, stringendole insieme. «La bimba è tua. Te la sei guadagnata.»

Girandomi, strinsi entrambe le mani dei miei guerrieri, guardandoli negli occhi. *Mi avete guadagnata entrambi,* assicurai, e vidi i loro occhi brillare. *Venite,* dissi poi, sentendomi improvvisamente impaziente. *Torniamo a casa.*

Il fischio dentro le mie orecchie non si dissipò che quando ormai eravamo vicini a casa.

«Per la Luna, Muriel... che cosa è stata quella cosa?» mi chiese a quel punto Fergus, come se anche lui si fosse appena ripreso. Era ancora sconvolto.

Wulfgar ridacchiò. «La strega lo aveva detto, che aveva dei poteri.»

Io scossi la testa, come per schiarirmi le idee. «Io non credo che intendesse questo.»

«Qualsiasi cosa sia stata, comunque, ha funzionato» disse Fergus, imitando il mio gesto. Le sue orecchie stavano ancora fischiando ma, oltre quello, non c'era niente di rotto e niente di livido su di lui. Solo piccole chiazze di sangue dove prima c'erano le sue ferite, ormai richiuse.

Sentendo il peso di tutta quella preoccupazione finalmente alzarsi dalle mie spalle e volare via, lanciai a Wulfgar un'occhiata sorniona. «Posso sempre chiamare Yseult un'altra volta e chiederlo.»

«Se ci provi, approfitteremo della visita per chiederle in che altro posto possiamo bucare la tua carne per aggiungere un altro anello.»

Io arrossii.

«Magari nelle labbra inferiori...», pensò Fergus ad alta voce. «Potremmo mettere un perizoma tra i due anelli, e chiuderlo bello stretto così lei non riuscirà a toccarsi mai... e prendere soltanto il culo e la bocca, fino a quando non ci implora di darle sollievo.»

«Mh, una bella idea», dice Wulfgar. «Il bisogno di rilasciare il piacere la manterrà dolce e pronta in ogni momento. Potremmo prendere delle cinture di metallo, una sorta di armatura da indossare sopra la sua vagina che non potrà togliere fino a quando non saremo noi a darle il permesso.»

Io sussultai. «Non mi sottometterò a niente di simile!», dissi, sconvolta.

Wulfgar ridacchiò piano, e Fergus si avvicinò a me sorridendo. «Non hai scelta, Muriel. Li hai sentiti gli Alpha, no? Tu sei nostra. E noi ti trattiamo come ci aggrada.»

Gli diedi un piccolo colpo sul braccio, al quale Wulfgar rispose immediatamente con un colpetto sulle mie natiche, abbastanza forte da farmi spostare di posto.

«Ma io dico, sarà questo il modo di trattare la vostra compagna?» dissi, fingendomi oltraggiata, mettendo su il broncio e incrociando le braccia al petto. Però, ispirata da quel momento, decisi di camminare oltre loro e poi fermarmi improvvisamente, girandomi.

I miei due guerrieri, l'ombra dei sorrisi che gli avevo causato ancora ad incurvare le loro labbra, mi guardarono con i volti inclinati, in attesa di sapere cosa stessi combinando.

«Questa passeggiata sta durando un po' troppo, voi che dite?», chiesi. «Facciamo un gioco.»

Il viso di Fergus sembrò inclinarsi di più. Wulfgar, invece, alzò il mento, come intento ad annusare la sua preda. Entrambi pronti alla caccia. I loro occhi si fecero immediatamente dorati.

«Che tipo di gioco, bimba?»

Io gli scoccai un sorrisetto, alzando il vestito velocemente prima di gettarlo per terra. Il mio corpo si riempì immediatamente di brividi quando vidi la Bestia danzare dentro i loro occhi.

«Una gara. Chi arriva primo si prende il mio culo», dissi con voce sensuale, prima di girarmi e correre con tutte le mie forze.

LIBRO GRATUITO

Ricevi un libro segreto sui Berserker, "Allevata dai
Berserker" (solo per i fan più accaniti sulla lista e-mail di
Lee=)
Vai qui per cominciare... https://geni.us/BredBerserkersIT

LA SAGA DEI BERSERKER

Per più di un secolo, i guerrieri Berserker *hanno combattuto e*
ucciso per i re. Ma c'è un solo nemico che non possono sconfiggere:
la bestia dentro di sé.

Venduta ai Berserker
Accoppiata ai Berserker

Allevata dai Berserker (solo per i fan più accaniti sulla lista
e-mail di Lee=)

Presa dai Berserker
Data ai Berserker
Rivendicata dai Berserker

LE SPOSE BERSERKER

I GUERRIERI BERSERKER

Ægir
Siebold

ALTRO DI LEE SAVINO

R omanzo Paranormale

LA SAGA DEI BERSERKER. Questi valorosi guerrieri non si fermeranno di fronte a niente per rivendicare le loro compagne...Comincia con <u>Venduta ai Berserker</u>

ALFA RIBELLI, con Renee Rose (cattivi ragazzi licantropi) – comincia con Tentazione Alfa.

ROMANZI CONTEMPORANEI

IL MIO DADDY È Un Marine

SU LEE SAVINO

Lee Savino, scrittrice di successo dello USA Today, scrive libri incentrati principalmente su storie d'amore "smexy". *Smexy* è una combinazione di "smart" e "sexy", quindi Sexy e Intelligente, esattamente come i suoi personaggi. Trovala sul gruppo Facebook "Goddess Group" e scarica il suo libro gratis su www.leesavino.com!

Se non sei ancora sazio di ménage, dai un'occhiata alla serie Draekon! Se vuoi altri licantropi sexy, invece, dai un'occhiata alla sua serie chiamata Alpha. Lee ha scritto molti libri, ma queste due saghe dovrebbero tenerti impegnato per un bel po'!

Puoi trovarla su:
www.leesavino.com

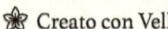

www.ingramcontent.com/pod-product-compliance
Lightning Source LLC
Chambersburg PA
CBHW022137240626
47153CB00007B/2395